ZWEI GESCHICHTEN

Peter B. Zunke

ZWEI

GESCHICHTEN

KURZSCHLUSS
LANGE LEITUNG

Bibliografische Information der Deutschen Nationalbibliothek
Die Deutsche Nationalbibliothek verzeichnet diese Publikation in
der Deutschen Nationalbibliografie; detaillierte bibliografische Daten
sind im Internet über http://dnb.dnb.de abrufbar.

Coverdesign, Satz, Herstellung und Verlag: BoD – Books on
Demand, Norderstedt

ISBN 978-3-7568-3128-9

KURZSCHLUSS

Überall war es dunkel.

Susanne holte aus der Kommode die Blechkiste, in der sie die Kerzenreste und verschiedene lange Kerzen aufbewahrte. Sie nahm eine weiße Stearinkerze und entzündete sie. Ein warmes Licht, fast wie früher.

Früher, da gab es häufig diese Dunkelheit, das Abschalten der Stromversorgung war ein beliebter Kniff der Verwaltung gewesen; begründet wurde es oft mit der lapidaren Feststellung, es habe wohl in der Umspannstation einen Kurzschluss gegeben und man sei bemüht, durch neue und bessere Arbeiten für das Wohl der Bevölkerung ein solches Ereignis in Zukunft verhindern zu können. Falls sich Derartiges noch einmal wiederhole, solle man Ruhe bewahren und in Küche oder Wohnzimmer stets Kerzen und Streichhölzer bereithalten.

Susanne stellte die brennende Kerze auf die Kommode und schaute aus dem Fenster. Überall nur tiefe Nacht in der Stadt, alle Fenster dunkel, keine Straße erleuchtet, die sonst oft so störenden bunten Reklamelichter von Geschäften und auch die hellen Schaufenster von Modehäusern und Buchläden waren still und erloschen. Sie konnte auch keinen Radfahrer sehen oder die Scheinwerfer eines Autos, alles war einfach nur dunkel.

Ein plötzlicher Schreck durchfuhr sie und ließ sie erstarren. Kein Strom! Das würde ja auch bedeuten, dass es im Krankenhaus keinen Strom mehr gab, und auch auf der Intensivstation, wo ihr Henry lag ...

Sie setzte sich langsam auf das Sofa. Kein Strom in der Klinik. Kein Beatmungsgerät funktionierte mehr. Henry würde ersticken, oder ...??? Aber dann sagte sie sich: Nur mit der Ruhe, die haben doch vorgesorgt, schon seit Jahren, das weiß man doch, die haben gewiss eine gute Notversorgung, nicht erst seit der Pandemie! Nein, das war doch schon immer so, wenn überall der Strom ausfiel, dann gab es noch immer genug in der Klinik, denn wenn bei einer Operation auf einmal die Lampen im Operationssaal ausgehen würden, dann ständen die Ärzte mit dem Skalpell in der Hand am Tisch um den Patienten herum und konnten nicht mehr weitermachen. Also, das gab es nicht, da würden dann rechtzeitig die Notstromaggregate einspringen, nein, im Krankenhaus gab es immer Strom, und zwar genügend! Das konnte sich die Stadt nicht leisten, das Land auch nicht, nein. Sie war sich sicher, im ganzen Lande gab es für solche Notfälle genug Strom in allen Kliniken, sie fühlte sich erleichtert.

Der Fernseher war ebenfalls stumm, dabei wollte sie heute Abend doch eine ihrer Lieblingssendungen sehen, mit dem, wie hieß er denn nur noch, sie kannte jetzt im Moment nur den Namen der Figur, den der Schauspieler in der Serie spielte, da hieß er Herr Vandenberg. Und letzte Woche sollte er von seinem Onkel um den Betrieb betrogen werden, und dann wartete noch diese nette dunkelhaarige Köchin auf ihn mit selbstgebackenem Apfelkuchen, den er so gern mochte. Das hatte sie in der letzten Folge doch genau gesehen, er mochte Apfelkuchen, aber auch die Dunkelhaarige.

Susanne zog die Gardine wieder vor das Fenster. Hoffentlich dauerte es diesmal nicht wieder so lange. Sie hatte noch etwas von dem Cassoulet im Eisfach, und überhaupt, wenn der Strom zu lange ausfiel, dann würde ja alles verdorben sein, was sie eingefroren hatte. Zum Glück waren da noch die anderen Vorräte, Nudeln, Kartoffeln, Reis, und die Dosen mit Thunfisch, Erbsen und Würstchen. Jetzt, wo sie allein war, bekochte sie sich nur mit den einfachen Dingen. Sie mochte ungern allein essen, sie ging dann lieber kurz zum Imbiss und nahm dort eine Currywurst oder holte sich einen halben Hahn.

Susanne setzte sich auf ihr helles Sofa und hüllte die Füße in ihre braune Lieblingsdecke. Kein Radio, kein Fernsehen, ihr blieb nur das Telefon. Aber wen sollte sie anrufen? Und was sollte sie denen erzählen? Alle anderen hier in der Stadt waren ja ebenfalls im Dunkeln, und die Freunde im Süden, was sollte sie denen schon sagen. Dass sie hier im Dunkeln sitzen musste und wartete, bis Hunger und Frost sie ins Grab gebracht hätten ....

Sie musste lachen. Sie übertrieb mal wieder in ihrer Fantasie. Hunger und Frost, dabei, war die Heizung nicht auch abhängig von der elektrischen Versorgung? Und alles nur wegen der Wahlen, da war sie sich sicher. Irgendwem würde es schon nützen, dass jetzt der Strom ausgefallen war. Wenn er oder sie, die Partei nämlich, oder die Parteigenossen nicht sogar dafür verantwortlich waren, die hatten sicher diesen Ausfall programmiert, weil im Fernsehen heute Abend diese politische Sendung kam und da wäre dann auch ganz bestimmt etwas über die Nebeneinkünfte von dem neuen Bewerber für das Amt des Bausenators über die Bildschirme geflimmert, also hatte man lieber den Strom abgestellt, dann konnte der Sender im fernen Berlin noch so schlimme Dinge in die Welt schicken, hier würde sie keiner sehen können.

Ja, jetzt war sie sich sicher, das war eine abgekartete Sache, dieser Stromausfall. Das hatte einen politischen Hintergrund, da war sie sich sicher. Sie kuschelte sich in ihre Decke ein, ganz fest, und lächelte grimmig vor sich hin. Aber da haben sich die verrechnet, sie würde einfach nicht hingehen, sie würde die Wahl verweigern. Jedenfalls diesmal. Susanne ging sonst immer zur Wahl, jedes Mal, gleichgültig, ob Kommunalwahl, Landtagswahlen oder die zum Bundestag, sie kam ihrer Wahlpflicht nach. Nicht nur als brave Wählerin oder als gute Staatsbürgerin, sondern auch, weil sie es als ihr Recht sah, als Pflicht und Recht. Zu wählen war jedes Mal ihre eigene Möglichkeit, die da oben so zu beeinflussen, wie sie es sich vorstellte. Erst aus vielen Tropfen wird ein Meer, das war der Spruch von Onkel Würde immer gewesen. Und Henry hatte sie darin bestärkt und gemeint, wenn sie schon sich tagtäglich so über die Politik aufrege, dann müsse sie doch bei den Gelegenheiten, die man ihr gebe, auch ihr Kreuz dort machen, von deren Wahlversprechen sie sich etwas erhoffen würde.

Ach Henry.

Susanne seufzte leise. Der lag immer noch im Koma auf der Intensivabteilung, und sie durfte ihn nicht einmal besuchen. Corona. Es hatte ihn schwer erwischt. Erst hatte er noch gelacht und nur leicht gehustet, war dann zum Hausarzt gegangen und der hatte ihn sofort in die Klinik geschickt, per Taxi, und dann war er sofort auf die Isolierstation gebracht worden, Susanne hatte noch mit ihm reden können durch die Plexiglasscheiben in der Besucherstation, dann ging es rapide abwärts mit ihm, bereits am Abend kam der Zusammenbruch und Henry wurde auf die Intensivstation verlegt, und am nächsten Tag musste er erst beatmet werden, dann am späten Vormittag wurde er in ein künstliches Koma gebracht und beatmet und der langwierige Teil der klinischen Behandlung mit täglichen Umlagerungen zur Lungenentlastung und Infusionen und und und begann.

Für Susanne wurde es dann zur Routine, dass alle drei Tage einer der Ärzte sie anrief, um im Grunde nur mitzuteilen, dass es nichts Neues gäbe, aber der Allgemeinzustand nicht so schlecht aussähe. So wartete sie also seitdem Tag für Tag in aller Untätigkeit.

*

Die Tage wurden wieder länger, und als Susanne beim Edeka auf Tante Irmi traf, wurde sie gleich am Abend eingeladen:

»Denn langsam wird es fast schon ungemütlich. Man kann ja keine Leute mehr treffen, und selbst unsere Doppelkopfrunde darf nicht mehr zusammenkommen, die Traudel hat sich auch infiziert. Sie ist schon seit drei Wochen zu Hause in Quarantäne, am Telefon klagt sie immer noch über Müdigkeit und sie sagt, sie könne sich nicht recht konzentrieren, da habe das Kartenspielen wohl keinen Zweck. Ich hoffe ja nur, dass wir diesmal verschont bleiben. Du weißt ja, Onkel Erich mögen die Viren besonders gern. Jedes Jahr bekommt er Husten und Schnupfen und dann die Grippe, auch wenn er sich jedes Jahr immer wieder impfen lässt. Ich glaube manchmal, dass es vielleicht doch am Impfen liegt. Aber der Arzt sagt nein, er sei eben so empfindlich auf diese Art von Grippeviren. Zum Glück hat ihn bisher das Corona verschont. Na ja, ich muss dann mal wieder.«

Sie schulterte das offenkundig schwere Netz über die rechte Schulter und ging. Susanne kaufte ihr Gemüse und eine Putenoberkeule und ging schnell wieder heim. Diese Masken waren doch ziemlich lästig. Obwohl sie den Ärzten zufolge und nach Ansicht der Medien insgesamt sehr hilfreich waren und gut vor einer neuen oder erneuten Ansteckung schützen konnten, sofern man nicht einem der Erkrankten zu nahe kam. Aber sie verbargen doch ein Gutteil des Gesichtes, so dass sie oft auch gute Bekannte nicht gleich erkennen konnte. Onkel Würde hatte am Sonntag gesagt:

»Ich würde mal so sagen, dass früher, wenn man da mit einer Maske in die Sparkasse kam, da ging gleich der Alarm los. Heutzutage kommt der Alarm, wenn man ohne Maske den Schalterraum betritt. Ich würde meinen, dass diese Zeit so ihre ganz eigenen Spielregeln hat und wer weiß, welche davon wir dann später beibehalten werden. An sich ist das mit den Masken ja nicht schlecht, ich mag so manch ein Gesicht einfach nicht mehr sehen, aber leider nehmen die im Fernsehen ja immer die Masken ab, wenn sie interviewt werden. Schade.«

Susanne freute sich nicht sehr auf den Abend. Na gut, es waren schließlich ihre Verwandten, aber ihr schien das alles so langweilig zu sein, was da wieder erzählt werden würde und zum Schluss würde es wieder eine der Konserven geben. Onkel Würde, wie sie ihn auch nannte, wie die meisten jugendlichen Neffen und die Kinder der Umgebung, die mit ihm zu tun hatten, denn fast jeder seiner Sätze begann mit »ich würde mal sagen, dass..« oder »man würde das so nicht sagen dürfen« oder »mancher würde glauben ...« Es gab wohl keine Unterhaltung, in der Onkel Dieter, wie er eigentlich hieß, nicht ein paar Mal seine Würde-sätze von sich gab; also dieser Onkel hatte eine Vorliebe für alte deutsche Filme und eine beträchtliche Sammlung davon auf DVD, und die zeigte er gern dem Familienkreis. Susanne konnte bei einigen schon den Text auswendig.

Einmal war dem Vetter Alfred der Kragen geplatzt und er hatte den Onkel fast angebrüllt:

»Wozu zeigst Du uns immer wieder diesen alten Schwachsinn?! Wir leben nicht mehr in der guten alten Kaiserzeit und Hans Albers ist schon so lange tot. Und überhaupt! Die Zeiten sind vorüber! Wenn du schon über solchen Unsinn reden musst, dann steh doch auch dazu. Sag nicht, ich würde das ja tun, mach es endlich! Würde würde würde, deine Generation ist ja ziemlich weit gekommen mit dem Konjunktiv. Alles würde sie tun, für den Fortschritt würden wir dies machen und jenes lassen. Wir würden so gar das Würden lassen, oder? Würdest du lieber sein oder würden??!!«

Der Onkel war ganz still geworden und hatte sich stumm in seinen Sessel gesetzt und dann den ganzen Abend nichts mehr gesagt. Er war schlicht beleidigt, und wie er am nächsten Morgen beim Frühstück zu seiner Frau gesagt hatte:

»Schau doch, Irmi, würdest du nicht auch meinen, dass sich der Alfred daneben benommen hat?«

Und Irmi hatte ihm zugestimmt und seitdem hatten sie den Alfred nicht mehr eingeladen.

*

Dabei war Alfred ihr einziger noch lebender Verwandter von Irmis Seite. Er hatte lange Jahre in der Chemieindustrie gearbeitet und auch ein oder zwei Patente erworben, war verheiratet gewesen, aber sein Frau hatte sich scheiden lassen, weil er doch zu sehr den gehlen Korn geliebt hatte. Erst durch die Scheidung von Lieselotte, die er aber nur Lilo nannte, war Alfred klar geworden, dass er so nicht mehr weiterleben konnte, wollte und durfte. Er hatte sich dann in eine spezielle Klinik in der Nähe von Bremen begeben und war später zu den Anonymen Alkoholikern gegangen. Dort besuchte er regelmäßig die Treffen und wurde im Laufe der Zeit immer vertrauter mit deren Gepflogenheiten; er wurde schließlich sogar Leiter einer Gruppe. Unter den Trockengebliebenen hatte er auch erste Freunde gefunden. Früher waren ihm Arbeitskollegen und Ehefrau genug Menschen in seinem Leben gewesen. Nun konnte er sich auch um eigene Belange von anderen helfen lassen. Das war für ihn eine ganz neue Erfahrung gewesen und er war zutiefst dankbar dafür.

Die Arbeit mit den anderen ehemaligen Trinkern und vor allem seine eigene Abstinenz hatte ihm wieder die Zuneigung seiner Exfrau gebracht und sie verstanden sich jetzt besser als jemals zuvor, konnten wieder gemeinsam in Urlaub fahren und zusammen ins Kino gehen oder ins Theater. Aber sie wollten nicht wieder zusammenziehen, selbst dann nicht, als Lilo schwer erkrankte und nach diversen Klinikaufenthalten und Operationen von Alfred gepflegt werden musste, weil sie allein kaum noch aus

11

dem Bett kam, da wurde ihre Beziehung immer inniger und die Zuneigung wuchs und erstmals erlebte Alfred, dass so etwas wie Liebe sich nicht unbedingt nur in den körperlichen Begehrlichkeiten niederschlagen musste, sondern dass es eine andere Form von Zuneigung, Zärtlichkeit und Vertrautheit gab, die das Zusammensein mit Lilo fast auf eine andere Stufe erhoben. Er hatte dann begonnen, ihr vorzulesen, erst nur die tägliche Zeitung, dann auch verschiedene Bücher; einige, die Lilo schon immer hatte lesen wollen, andere, die ihm die nette Buchhändlerin empfahl.

Alfred wurde so täglich mit Lilos körperlichem Zerfall konfrontiert, und als er mit der Arbeit der Pflegerin vom Arbeitersamariterbund nicht mehr zufrieden war, ließ er sich kurzerhand frühberenten und kümmerte sich nun ganztags um seine Exfrau, bis diese dann friedlich in einer Nacht für immer die Augen schloss.

Es war ein sehr langer Abschied gewesen; sie hatten an vielen Tagen über Gott und die Welt geredet, hatten all das nachgeholt, was sie innerhalb ihrer Ehezeit nicht hatten machen können, bereden können, besprechen wollten, weil sie sich füreinander nicht die Zeit gelassen hatten, die nun, wo alle beide die gemeinsamen Stunden schwinden sahen, so kostbar geworden war. Sie wuchsen aneinander und Alfred konnte so ein Großteil seiner Trauer vorweg gemeinsam mit Lilo abarbeiten, wie es im Neudeutsch heißt.

Es war eine kleine Trauergemeinde auf dem Friedhof gewesen, aber die Sonne hatte hell und freundlich auf die wenigen Kränze geleuchtet und der Pastor hatte wie besprochen seine Sargpredigt kurz gehalten.

Alfred hatte dann Lilos Wohnung aufgelöst, ihre Sachen zur Diakonie gebracht und weiterhin einmal wöchentlich eine Sitzung der AA geleitet. Ansonsten hatte er die Literatur für sich entdeckt und las und las und las. Nicht nur die modernen Sachen von Siegfried Lenz und Juli Zeh, die in der Zeitung angepriesen wurden oder im Feuilleton als besonders lesenswert besprochen wurden, sondern auch die Klassiker, die er bisher zu lesen versäumt hatte, von Dickens und Jean Paul bis zu Hemingway und Mark Twain.

Für ihn tat sich sozusagen eine neue Welt auf und er erlebte eine Art von Weite, die er sich nie hatte vorstellen können. In der Schule war das Fach Deutsch immer mit dem mürrischen Ton des Lehrers verbunden gewesen, der ihm einfach zu trocken nur von Hölderlin und Goethe hatte reden wollen. Jetzt suchte er sogar in den Kursen der Volkshochschule nach Vorträgen über literarische Themen, moderne amerikanische Romane oder eine ganze Reihe über die Bronte-schwestern, er kam auch in Berührung mit Philosophen, aber Nietzsche oder Herder waren ihm dann doch etwas zu hoch, zu schwer oder wie Alfred es verstand, einfach zu langweilig. Dann schon lieber Fontane oder Kästner, da spürte man so richtig das Leben.

Alfred schaute auch jetzt das Fernsehprogramm ganz anders an, er suchte mit Bedacht nach Spielfilmen, besonders von ausländischen Regisseuren. Leider musste er feststellen, dass die allermeisten Filme im Fernsehen Kriminalfilme waren; er nahm einmal das TV-Programm einer Woche und zählte allein im ZDF dreiundsiebzig Krimis, die Vorabendserien mitgerechnet. Als er diese Auswertung einer Woche Fernsehen bei Onkel Würde erzählte, meinte dieser:

»Ich würde mal so sagen, dass die allermeisten Menschen, die vor dem Fernseher sitzen, sich nur unterhalten lassen wollen. Die wollen nicht mehr schwere Dinge denken oder ihr Köpfchen anstrengen müssen, die wollen sich nur noch berieseln lassen nach der Arbeit. Ich würde sogar so weit gehen, dass unsere Unterhaltungsbranche sicher ein gutes Werk tut, sie gibt den Arbeitern von Kopf und Hand eine Ruhepause, eine verdiente, würde ich sagen. Die Füße hoch und eine warme Suppe im Bauch und dann ein gut gespielter Mord, was will man noch mehr.«

»Aber vergiss nicht den Sport,« sagte Tante Irmi, »du weißt, besonders Tennis, die Männerduelle, ich liebe das Wimbledon wie sonst nichts auf der Welt.«

Ja ja, ich würde dir deinen heiß geliebten Sport ja lassen, auch wenn ich Fernsehdirektor wäre, sagte Onkel Würde. Aber ich würde doch auch versuchen, zumindest einmal jeden Tag, dem Publikum etwas von Bildung und Wissen zu vermitteln, ich würde etwas für die Jugend tun wollen, nicht immer nur Mord und Totschlag oder Politik.

Diese Politiker reden und reden und labern doch nur, warf Alfred ein, sie reden immer dasselbe und sagen dabei gar nichts.

Aber ich würde meinen, die machen doch das, wofür wir sie gewählt haben. Die halten doch ihren Kopf hin, wenn es schwierig wird und müssen dann gehen.

Aber dafür erhalten sie eine ganz gute Pension, nicht wahr?

Alfred war sauer auf die Politiker. Er hatte seinerzeit versucht, für ein paar Obdachlose in seiner Gemeinde richtige feste Wohnplätze in einem Altbau, der abgerissen werden sollte, zu erhalten und hatte deshalb mit einigen der zuständigen Menschen vom Magistrat und im Landratsamt und in den Parteibüros zu reden versucht, aber es war vergebens gewesen. Denn Obdachlose waren zwar für den Normalbürger ein Graus, wenn der sie des Nachts in den Eingängen von Geschäften liegen sah oder unter einer Brücke, besonders in den langen Wintermonaten, aber das Problem zu lösen, das war viel zu teuer; und außerdem, die meisten von denen haben keine festen Wohnort, die sind ja als Wähler nicht registriert und zudem eine insgesamt so kleine Gruppe, die kann man als Politiker vernachlässigen, die protestieren nur ganz selten und machen äußerst wenig Schwierigkeiten. Für diese Armen Worte und bei bestimmten Feiertagen denen eine

Mahlzeit aufzutischen, das kommt bei den richtigen Wählern gut an. Aber sonst? Das lohnt sich nicht, sich darum wirklich zu kümmern; das war der Eindruck, den Alfred insgesamt von den Politikern nach seinen Bittgängen bekommen hatte.

Also machte er das, was ihm seine Möglichkeiten boten: er unternahm mit seinen Freunden und den vielen, die wie er zu den AAs gehörten, über Telefon und E-mail die Suche nach geeigneten Möglichkeiten, die Obdachlosen unterzubringen, Woche für Woche. Es war anfangs etwas zäh, aber dann kamen doch die Erfolge. Denn viele der ehemaligen Alkoholiker kannten das Leben ohne Wohnsitz aus eigenem Wissen und Erleben. Und es war wirklich so, das hatte Alfred immer wieder erleben müssen, wer selber im Dreck hatte sitzen müssen, der half auch schneller und vor allem effektiver anderen, auch aus dem Dreck herauszukommen. Wer aber immer nur an sauberer Tafel gegessen hatte, der tat sich ziemlich schwer mit dem Gut-Mensch-Sein bei all denen, denen man ihre Armut schon an der Kleidung ansehen konnte.

Susanne setzte sich ans Fenster und legte ihre Füße auf den Besuchersessel. Wenn Henry das sehen könnte! Aber irgendwie tat sie das ja für Henry auch mit, sie hatte die kleine gemütliche Wohnung gründlich gesäubert, denn zum Wochenende erwartete sie Besuch, hohen Besuch. Der uralte Freund von Henry, Richard der Vierte, wie sie ihn wegen seiner Liebe für Shakespeare nannten, ein langjähriger Studienfreund von Henry, kam aus England zu Besuch. Er wollte einen Kongressbesuch in Hamburg verbinden mit einem anschließenden Kurzurlaub bei ihnen und auch Henry in der Klinik besuchen. Zwar würde auch er nichts ändern können an Henrys Zustand. Da konnte man nur abwarten und hoffen, dass irgendwann das Hirn von Henry wieder so richtig lebendig wurde und ihn erwachen ließ, aber Richard war es seinem alten Freund schuldig, dass er sich um ihn kümmerte, zumal dann, wenn er doch schon einmal in seiner Nähe war.

So hatte Susanne also jetzt die Wohnung, wie man so sagt, auf Vordermann gebracht, und sie fühlte sich entsprechend erschöpft und dachte voll Mitleid und auch Ehrfurcht an die Damen der Reinigungsfirmen, die so etwas jeden Tag machten und das als Beruf ausübten. Anderen den Dreck wegmachen, das wäre für Susanne einfach nicht genug gewesen. Wie ihr Vater nicht müde wurde zu erzählen, hatten alle Büroangestellten früher selbst ihren Arbeitsplatz reinigen müssen. Früher, ja, da gab es in den sogenannten gutbürgerlichen Familien auch noch viele Angestellte und Bedienstete, da gab es in den Villen der besser betuchten die Köchin samt Beiköchin, den Diener oder auch die Lohndiener, eine Zofe für die Gnädigste und ein Fräulein für die Kinder; das war entweder ein Kindermädchen, das solange dort bei der Familie blieb, bis entweder die Kinder mit der Schule fertig waren oder ein junger Mann sie wegheiratete, ein Geselle etwa aus einem der Geschäfte in der Straße, oder ein Schornsteinfeger oder ein lächelnder junger Kerl aus einem der vielen Handwerksbetriebe, auf jeden Fall oft einer, der sein Glück machen wollte; und wenn er fleißig war und der Verdienst genügte, dann gab es Kinder und genug Wohnraum und im Laufe der Jahre auch genügend Geld zum Leben und für Kleider und Schuhe und Hüte.

*

Susanne lächelte und seufzte zugleich. Das war schon etwas; selbst ihre eigene Mutter war bei Hüten immer schwach geworden. Und wenn sie so überlegte, diese Zeit früher, als sie selbst noch Schulmädchen gewesen war. Da hatten die meisten Männer noch Hüte getragen. Und in den alten Wochenschauen und Kinofilmen bis in die neunzehnhundertachtziger Jahre hinein, da trugen die meisten der männlichen Darsteller noch Hüte. Und heute?

Die jungen Männer trugen, wenn sie überhaupt noch etwas auf ihren Köpfen duldeten, weil entweder die Frisuren so gegelt waren, dass sie wie Kunstwerke in der Sonne glitzerten, oder der gesamte Schädel wurde kahlrasiert und nur mit vereinzelten kleinen Tätowierungen geziert oder man ließ seine Haare zu Rasterlocken drehen. Die ganz Trägen ließen sie einfach so wachsen wie sie wollten, und als Schmuck und Zierde oder Ausdruck einer bestimmten Lebensart wurden diese bunten Kappen aus den USA übernommen, oft mit Reklameaufdruck an der Front und so liefen die Jungen für alle möglichen Firmen oder Klubs als kostenlose Werbung herum. Gewiss, alte Männer trugen gelegentlich einen Hut, man sah auch gelegentlich Schiebermützen oder zumindest hier an der See die Elbsegler und dunkelblauen Arbeitsmützen der Werftarbeiter, hin und wieder auch eine grüne Schirmmütze, wie sie in der Landwirtschaft oder bei Waldarbeitern getragen wurden.

Die Damen trugen nur selten noch Hüte, zum Fasching natürlich, oder bei Hochzeiten, in weiß und cremefarben; auf dem Friedhof in schwarz, ansonsten gelegentlich trug man als Frau oder Mädchen eine Baskenmütze, natürlich schräg und in grün oder rot, aber beliebt waren auch bunte Tücher. Nicht so kunstvoll um den Kopf und Hals geschlungen wie früher zu Susannes Schulzeit noch, wobei Audrey Hepburn als Vorbild diente, sondern mehr locker und fließend, zumindest die bürgerlichen Mädchen und Jugendliche wollten nicht mit den muslimischen Frauen verwechselt werden. Die etwas älteren Frauen hingegen bevorzugten eine Kapuze am Mantel oder Anorak und trugen ihr Haar eher offen und halblang, mit genügend Spray in der vom Friseur mit kundiger Hand geordneten Wellen nun fixiert und oft starr wie Beton. Bei den unabhängigen Damen oder den zumindest so erscheinen wollenden ließen diese ihre Haare oft einfach wachsen und flattern, aber häufig war doch offensichtlich auch eine Menge Chemie mit im Spiel, im Haar, denn der Alterungsprozess setzte bei allen ein, auch bei ganz linken, ganz rechten oder einfach auch bei den Unangepassten, den aufmüpfigen Frauen, und davon gab es immer mehr. Von vielen als Feministinnen erst beschimpft, dann beachtet und zuletzt auch gefürchtet waren im Laufe der Jahre auch die Frauen immer innerlich freier geworden. Ja, es hatte sich sogar herausgestellt und war von vielen wissenschaftlichen Untersuchungen bestätigt worden, dass Frauen oft vieles gleichzeitig tun, denken und planen konnten, die Multifunktionalität eben. Bei Männern war es oft nur die Alltagsroutine, in der sie eingeübt waren und daher oft scheinbar schneller sein konnten als Frauen und so die besserbezahlten Posten in Büro und Betrieb erhielten. Man munkelte aber, und das nicht nur unter der Hand, dass so mancher Mann nur deshalb auf seinem jeweiligen Posten saß, weil sein Vorgesetzter oder der Inhaber des Betriebes selbst als Mann zu viele Ängste vor den Frauen oder der viel gepriesenen Frauenpower hatte und sich daher als Verbündeten einen Mann oder viele Männer als Hilfe geholt habe.

Auch sehr typisch für unsere Zeit, dachte Susanne, dieses Wort Frauenpower. Diese mitunter auch merkwürdige Mischung aus englisch und deutsch, das Denglische in der Umgangssprache hatte deutlich zugenommen und fiel niemandem mehr auf. Besonders in Büros bei denjenigen Firmen, die auch viel mit ausländischen Partnern zu tun hatten, war die Mischung von englischen Anhängseln an deutsche Worte sehr beliebt, allüberall wurde gedenglischt:

Sommer-sale, Theater-event, Businesskleidung, er wurde outgesourced, meine To-Do-Liste, man sollte es ganz easy handlen,

ich bin so geflashed heute, hast du auch an der Challenge teil-
genommen ....

*

Über dem Land lag ein heller Nebel. Die hohe Luftfeuchtigkeit
schlug sich an Regenrinnen, Autofenstern, Papierkörben und
auf den wärmenden Mützen von vorüber eilenden Fußgängern
nieder. Burckhard fegte unentwegt die Einfahrt und sammelte
das Papier, meist weggeworfene Taschentücher und geleerte Kaffee–to-go-becher, in den letzten Wochen auch zunehmend Coro-
naschutzmasken mit abgerissenen Bändern, er schaufelte diesen
Abfall in die Mülltonne. Früher hatte man auf den Strassen und
Wegen nur selten jemanden gesehen, der ein Getränk in einer
Flasche oder Pappkarton mit sich führte, auch in der Schule war
es nicht üblich, dass die Schulkinder ihre Getränke auf den Pul-
ten stehen hatten; da gab es höchstens in der großen Pause eine
Milch oder einen Kakao in kleinen Gläsern beim Hausmeister
zu kaufen und nicht alle konnten sich das leisten. Heute hatten
viele, die in der Stadt herumliefen, in der einen Hand ihr Handy,
in der anderen einen Kaffeebecher oder eine Flasche mit einem
Smoothie oder Saft oder sonst einem Getränk. Als ob sie nie
genug bekommen würden, wie in den Restaurants oder Lokalen,
wenn man dort die Kundschaft beobachtete, dann gab es viele,
die mit vollem Mund kauend schon den nächsten vollen Löffel
oder die gefüllte Gabel essbereit in der Hand hielten. So als ob
sie Angst hätten, nicht genug zu bekommen oder sich zu wenig
Zeit zum Genießen lassen durften. Einfach nur gierig, dachte
Burckhard. Ja, diese Gesellschaft ist hektisch und voll von Gieri-
gen geworden, alle hatten Sorgen und Ängste, sie könnten nicht
genug von allem abbekommen, sie müssen höllisch aufpassen, um
nur nicht zu kurz zu kommen. Keiner gönnte dem anderen sein

kleines bisschen Mehr; was ist schon das große Glück des anderen gegen das eigene kleine Glück!?

Man will es aber dem mal so richtig gezeigt haben, und doch: dieses eine an Mehr zu haben als der Nachbar, ja, es war eine Ellbogengesellschaft, geizig und gierig, fast wie in den alten Märchen, wo mit Hilfe eines bösen Geistes der eine immer mächtiger werden wollte.

Und daneben gab es die anderen, die Samariter, die den Hilfsbedürftigen unterstützten, bei Naturkatastrophen oder Autounfällen, bei Kriegshandlungen oder wenn der Blitz eingeschlagen war und doch das Nachbarhaus getroffen hatte. Dann war die Hilfsbereitschaft groß. Wenn Dämme brachen oder Flüsse über die Ufer traten und die ganze Welt im Regen versank oder ein Erdbeben Geröllmassen durch einen Ort schob, dann zeigte sich die andere Seite vom Menschen, da wurden sie hilfsbereiter, und tatkräftiger, da wurden religiöse oder politische Überzeugungen zur Nebensache, da wurde dem Mitmenschen geholfen. Schließlich konnte man selber in eine solche Lage oder Situation kommen und würde dann ebenfalls auf Hilfe angewiesen sein.

Burckhard stützte sich auf seinen Besen und drehte sich eine neue Zigarette. Er schaute der eleganten Dame nach, die im schweren dunkelblauen Mantel über die Kreuzung schritt. Ja, sie ging nicht einfach so, sie schritt, als lauere hinter der nächsten Hausfassade schon ein Reporter mit Blitzlicht und wartete nur auf einen Fehltritt von ihr. Burckhard genoss seine Tagträume sehr, er las auch jede Woche all die bunten Illustrierten, die Kunden achtlos liegen ließen oder in den Papierkorb geworfen hatten. Er mochte seine Arbeit sehr, er war zwar nur ein kleiner Parkwächter und musste bei Problemen mit Einlass oder Ausfahrten die automatische Schranke am Parkhaus warten, war ansonsten für die Reinigung von Papierkörben, Fahrstuhl, vom gesamten

Areal zuständig und wohnte ganz in der Nähe. Er war sehr froh, sein Auskommen zu haben mit einem solchen Arbeitsverhältnis; den guten Freunden am Stammtisch in seiner Kneipe gleich um die Ecke hatte er damals noch gesagt, er sei einer der fröhlichsten Menschen in der Stadt, seit er nach langer Arbeitslosigkeit diesen Job habe, denn er sei zwar angestellt, aber sein Chef käme nur alle paar Wochen vorbei und ließe ihn schalten und walten, er sei fast sein eigenen Herr und der einzige, der alle Schlüssel habe. Die Menschen dort, die Kunden, seien meist sehr freundlich und höflich, denn er versorge sie ja mit dem, was sie am Allernötigsten bräuchten, nämlich einen Platz zum Abstellen ihrer oft teuren Wagen. Natürlich machte er sich so seine Gedanken, wenn er mitbekam, wie einer der Männer, meist im feinen Anzug, sein Auto besser behandelte als seine weibliche Begleiterin. Dies bestätigte ihn in seiner eigenen Meinung, weiterhin Junggeselle bleiben zu wollen.

Dann hat man weniger Schwierigkeiten und mehr von seinem Geld! War sein Spruch am Stammtisch, und außerdem, in meinem Alter, da ist das mit dem Sex auch nicht mehr so wichtig. Da geht es doch eher darum, dass die Wohnung warm ist und es nicht mehr zieht, dass genügend zu essen da ist und auch ein gelegentlicher Weinbrand nicht verübelt wird.

Und wenn er im Sommer mit lockerem bunten Hawaiihemd in seinem leichten Campingstühlchen vor der Schranke saß und die Grüße der Vorübergehenden freundlich entgegennahm, wurde er von kichernden Jugendlichen oft als eine Art Talisman betrachtet; die fragten dann solche Sachen wie:

»Wissen Sie nicht, wo man hier am besten noch was trinken kann?«

und wenn die meist grinsenden Halbwüchsigen dann davon schlenderten und sich immer wieder nach ihm umschauten und halblaut sicher etwas Witziges oder Lächerliches über ihn flüsterten, dann winkte Burckhard ihnen fröhlich nach. Er fühlte sich dann bemerkt und beachtet und das war oft mehr, als er bei anderen Kunden im Laufe des Jahres so zu sehen bekam.

Diese Frau im dunkelblauen warmen Mantel, die gerade um die Ecke bog und dann die Strasse überquerte, die kannte er. Oft schon hatte er sie gesehen, aber noch nie war sie ihm so elegant erschienen, dieser Mantel, er sah aus wie neu, dazu die blauen Stiefeletten, eine dunkelbraune ziemlich große Umhängetasche, vermutlich aus Leder oder Kunstleder unter dem Arm, und sie ging sehr schnell, ihr Haar flog fast, obwohl es windstill war. Burckhard kannte sie seit Jahren, nur vom Sehen, meist trug sie einen hellen Anorak und Jeans oder im Sommer ein leichtes buntes T-shirt. Wenn sie direkt an seinem Arbeitsplatz vorbei kam, dann grüßte sie mit einem Lächeln. Aber seit der Pandemie trug sie diese grünen Mund-Nasen-Masken wie fast alle, er selber auch; diese weißen FFP2-masken waren ihm zu dicht, darunter konnte er kaum Luft bekommen. Anfangs hatten viele ja selbstgefertigte Masken getragen, manche sahen aus wie Viehräuber in den Westernfilmen, andere wie früher die Bankräuber; es hatte sich im Laufe der Monate herausgestellt, dass die meisten diese grünen OP-masken bevorzugten, denn die waren lockerer und man bekam besser Luft.

Inzwischen waren die Vorschriften gelockert und nur in einigen Schulen je nach Inzidenzgrad oder Anzahl der infizierten Schüler und/oder Lehrer trugen die Schüler Masken oder eben nicht mehr. In der Zeitung wurde jeden Tag die Anzahl der Neuinfizierten angezeigt und auf das Impfen hingewiesen.

Burckhard hatte sich auch impfen lassen, zweimal schon, er wollte auf keinen Fall an dieser plötzlich einsetzenden Lungenkrankheit leiden und dann, wie er es bei seinem Kollegen Andreas gesehen hatte, als körperliches Wrack zurück aus der Klinik kommen. Dieser Andreas konnte kaum noch etwas machen, er schlurfte nur ein paar Schritte von der Wohnung zum Kanal und zu einer Bank; dort saß er dann ein paar Stunden und schöpfte Kraft, bis er sich wieder soweit stark fühlte, dass er zurück in seine Wohnung gehen konnte. Es war erbärmlich, Burckhard besuchte ihn hin und wieder und brachte ihm Obstkuchen, den Andreas dann mümmelte. Früher war er ziemlich stark gewesen und konnte fünf volle Bierkästen stemmen, jetzt war es damit vorbei. Er war nur ein Schatten seiner selbst.

Burckhard kratzte sich am Kopf und stellte seinen Besen in das Schapp. Ja, der Andreas hatte es nicht leicht. Und diese Frau, im blauen Mantel, sie war heute so anders, so voller Energie gewesen, das krasse Gegenteil von Andreas. Oder von Cora, aber das war eine andere Geschichte. Wenn die doch nur halbwegs etwas von der Kraft dieser Frau abbekommen könnte! Vermutlich ging sie ihm deshalb nicht aus dem Sinn.

Burckhard stellte sich vor, was diese Frau wohl heute alles noch tun mochte oder wollte oder musste. Oder ging sie gar zu einem Rendezvous? Und was war das für ein Mann, den sie dann traf? Und wo würden sie sich treffen, vielleicht unter dem Erlen an der träge dahinfließenden Obertrave, auf einer Bank an der Musikhochschule, oder im Drägerpark?

Burckhard hoffte letzteres inständig, denn dort hatte er sich mit Lieselotte immer getroffen, jedenfalls solange bis dieser Fatzke Alfred aufgetaucht war. Und dann hatte sie den auch noch geheiratet und war weggezogen. Burckhard hatte nie wieder etwas von ihr gehört. Das war ihm auch nur lieb. Sie hatte ihm, wie man so sagt, das Herz gebrochen, sie war die erste und einzige Frau in seinem wirklichen Leben gewesen. Wenn er an einem der warmen Abende im Herbst aus dem Fenster lehnte und spürte, wie der sanfte Westwind über seine Haut glitt, dann vermeinte er mitunter, dass es die Hand von Lieselotte sei.

Er schloss dann seine Augen und träumte vor sich hin, er sah sie beide noch im Ruderboot auf dem Ratzeburger See, verbotenerweise fuhren sie in das Schilf auf der falschen Seeseite, denn dieses Ufer gehörte schon zum Staatsgebiet der DDR damals. Dort waren sie ungestört, die Grenzsoldaten kamen des sumpfigen Randes wegen nicht bis dorthin und die Segler aus Ratzeburg nahmen eher die Route nach Rotenhusen und liefen in ihren schnittigen Booten weit vorüber. Dort im Boot zu liegen, ein paar Kissen und die bunte Decke, eine Flasche Wein aus dem Badischen, vom Seewasser gekühlt, ein wenig Obst, und Lieselottes Zärtlichkeit. Burckhard spürte noch genau, wie sich ihre Lippen anfühlten. Wie ihre Haut roch, wusste er noch und auch, wie das Rosa ihres Schlüpfers sich von ihren weißen Schenkeln abgehoben hatte. Sie war schon eine tolle Frau gewesen und er hatte eine ziemlich gute Zeit mit ihr gehabt. Dann war bei ihr im Büro dieser Alfred aufgetaucht und sie war mit ihm fortgezogen. Vorüber, aber nicht vergessen. Ja, die Lieselotte! Zum Glück hatte er ja noch seine Fantasien und seine Vorstellungen. Manchmal ließ er den ganzen Tag seine Erinnerungen wie einen inneren Fernseher laufen und fühlte sich so nur selten allein.

*

In ihrem warmen blauen Dufflecoat ging Susanne durch die Eingangspforte des Krankenhauses, zog die rutschende Maske wieder über die Nase und zeigte der kontrollierenden Angestellten ihren Impfnachweis, dann ging sie auf die Station, wo Henry im Koma lag. Sie konnte wie meist nur durch das Seitenfenster einen Blick auf ihn werfen. Sie hatten ihn wieder einmal umgebettet, das geschah zweimal am Tag, wie sie wusste. Er lag nun bäuchlings in einem Stufenbett; da gab es viele Schläuche, die an verschiedenen Stellen unter der Bettdecke hervorkamen und an diversen Geräten angeschlossen waren, die auf einer Art Turm vor sich hin blinkten und alle möglichen Werte maßen, anzeigten, im Notfall auch Laut gaben und grell aufblinkten, wie Susanne einmal miterlebt hatte. Und dann dieser Geruch. So ein typischer Krankenhausgeruch, nicht unangenehm, er roch so ausgesprochen sauber, aber mit einer scharfen Note am Ende, hinterließ in der Nase eher so etwas wie körperliche Abwehr, diese Gefühl von: Hier-möchte-ich-nicht-allzu-lange-sein.

Die blau vermummten Krankenschwestern traten an Henrys Bett und wechselten den vollen Urinbeutel gegen einen neuen und legten seine Beine in eine neue Stellung, das Blut sollte frei fließen können. Eine der Schwestern drehte sich um, bemerkte Susanne und winkte. Susanne winkte zurück. Mehr konnte sie für Henry zur Zeit nicht machen. Sie verließ die Klinik wieder und nahm den Bus in die Stadt.

Zu Hause kam auf ihrem Handy eine E-mail von Richard, in welchem er seine genaue Ankunftszeit am Bahnhof mitteilte. Das war schon in der nächsten Woche. Susanne schaute noch einmal ins Gästezimmer: das Bett war gemacht, neue Handtücher lagen bereit, sie wischte noch einmal mit dem Staubwedel über alle Flächen und schaute dann ins Bad. Sie wusste ja von Henrys Erzählungen über seinen Englandaufenthalt, dass Richard jeden Abend, sobald er ins Haus gekommen war, in die Wanne zu steigen pflegte, denn wie die meisten seiner Landsleute zog er ein warmes Wannenbad der Dusche vor. Susanne war eher der Duschtyp, zum Wachwerden morgens gab es nichts Besseres. Das hatte sie von ihrem Vater, der hatte auch jeden Morgen geduscht, auch im Winter hatte er den kalten Hahn weit aufgedreht; er hatte ihr erklärt, das diene der Abhärtung, und es fördere so die Durchblutung.

Aber ins Wasser, also in die Ostsee, da ging er nur, wenn es dort eine Temperatur von mindestens achtzehn Grad hatte. Früher hatten sie in den Ferien immer einen Strandkorb gehabt, immer bei den Möllers; sie kamen seit Jahren schon immer an den gleichen Strandabschnitt, und der alte Möller war wie ein Familienmitglied geworden. Er hatte Susanne heranwachsen sehen und ihr auch über den ersten Liebeskummer hinweggeholfen.

Das war in den großen Ferien gewesen, sie war zum Tanzen in die »Strandrose« gegangen, dort hatte sie einen jungen Mann kennengelernt, einen gewissen Henning, der sie nach Strich und Faden umworben hatte, ihr viele Komplimente machte: wie gut sie doch aussähe und wie toll sie tanzen könne und dergleichen mehr, sie war knappe sechzehn Jahre alt und sehr empfänglich für derartige Schmeicheleien, denn in ihrem gewohnten Umfeld hatte noch niemand so etwas über sie gesagt. Sie war also das erste Mal verliebt, nach der ersten Begegnung lag sie noch lange wach im Bett in der Familienpension, wo Mutter für drei Wochen gebucht hatte. Die folgenden Tage verbrachte sie mit dem Henning sooft als nur möglich, sie trafen sich an der langen Seebrücke. Dort unter der Bogenlampe hatte er sie auch zum ersten Mal geküsst. Sie waren dann Hand in Hand zum Tanztee gegangen ins »Seeschlösschen«, später die Fußgängermeile des Seebades entlanggeschlendert und er hatte ihr einen kleinen bunten Strohhut gekauft. Der war nicht teuer, aber für sie bedeutete er das Symbol ihrer Liebe. Henning wohnte am anderen Ende des Ortes in einem kleinen Hotel und war eines Tages einfach verschwunden. Er war weg, wurde nie wieder gesehen, und als Susanne all ihren Mut zusammen nahm und im Hotel nachfragte, da kannte man seinen Namen nicht. Als sie ihn beschrieb, da lachte der ältere Mann an der Rezeption und meinte nur, dass sie sich nicht sorgen müsse, das sei wohl der Hans gewesen, der Sohn einer Familie, die hier gewohnt habe, der sei wohl ein rechter Frauenversteher, auch einem der Zimmermädchen habe er den Kopf verdreht und diese sei nach seiner Abfahrt für drei Tage richtig krank gewesen, sogar mit ärztlichem Attest. Der Hans habe diesem Mädchen wohl die Ehe versprochen und davon geredet, er wolle sie mitnehmen nach Bochum, dort käme er nämlich her. Wenn Susanne es wolle, gäbe er ihr gern die Adresse von diesem Hans, aber sie solle sich bewusst sein, er sei eben ein Hans-in allen-Betten-Typ, dessen solle sie sich voll bewusst sein.

Die nächste und letzte Urlaubswoche war dann voller Tränen und nächtlichen Schluchzern gewesen, und so manche Stunden hatte sie in dem kleinen weißen Strandwärterhäuschen bei Opa Möller, wie sie immer sagen durfte, verbracht. Der alte erfahrene Mann, er war tatsächlich schon Opa, seine Tochter hatte Zwillinge, die waren damals drei Jahre alt gewesen, er kannte sich aus mit den gebrochenen Herzen junger Mädchen. Es war seiner eigenen Tochter auch nicht erspart geblieben, die hatte sich auch schon mehr als einmal in einen der Gäste verliebt, sie hatte nämlich in den Ferien oft ihren Vater in der kleinen Hütte vertreten und die Schlüssel für die Strandkörbe ausgegeben und dabei natürlich viele Kontakte mit jungen Männern gehabt und dabei war es dann mitunter dazu gekommen, dass sich einer von denen in sie verguckte oder sie sich in einen der Gäste, und natürlich war es immer wieder die ganz große Liebe. Der alte Möller hatte etwa vier oder fünf von derartigen Weltuntergangsszenarien bei seiner Tochter erlebt und später dann bei den Enkelinnen. Er war also gut vorbereitet, als Susanne mit ihrem Liebeskummer Trost brauchte und klare Aussprache und er konnte ihr wieder Mut machen und ihr angeknackstes Selbstwertgefühl wieder allmählich aufrichten. Die letzten beiden Urlaubstage konnte Susanne schon wieder zum Tanzen gehen.

*

Onkel Würde musste zum Friseur. Tante Irmi, seine Frau, war ihm beim Frühstück über den Kopf gefahren und hatte bemängelt, dass im Nacken ja schon die Flöhe wie im Urwald hausen konnten, da muss unbedingt etwas ab.

Sie selbst legte großen Wert auf eine ordentliche Frisur, denn sie sagte immer:

»Eine richtige Dame erkennt man immer zuerst am Kopf. Sie muss ihn hoch halten und würdevoll aussehen. Gepflegt soll man sein und das Erste, was die Leute von einem bemerken können, ist doch eben das Äußere, oder etwa nicht? Und zum Aussehen gehört nun mal eine ordentliche Frisur. Man muss ja immer gepflegt und chic aussehen.«

Und so ging sie alle zwei Wochen zu ihrer Frisöse und ließ sich die Strähnchen nachfärben oder die Locken kürzer schneiden. Früher hatte sie sich auch eine Wasserwelle gegönnt, aber nun waren ihre Haare im Laufe der Jahrzehnte etwas dünner geworden und nur mit viel Gezupfe und Haarspray sah ihr Kopf noch füllig aus, fast so wie früher.

Onkel Würde hatte einen anderen Haarschneider als seine Frau. Er bevorzugte den Salon bei Alfons Lobsien. Das war ein alteingesessener Herrenfriseur noch vom alten Schlag. Er beschäftigte nur Männer, und die meisten waren jetzt wie er selbst schon über fünfzig. Es gab am Eingang einen kleinen Tresen mit der Registrierkasse und dem Bestellbuch, im Raum selbst standen drei bequeme Behandlungssessel und eine ganze Reihe Wartestühle, am Garderobenhaken hingen in ihren hölzernen Gestellen fünf verschiedenen Zeitungen aus der Region. Onkel Würde mochte besonders diese typische Geruchsmischung von Rasierwasser, frisch geschlagener Seife und Brillantine. Ja, so etwas gab es noch bei Meister Lobsien.

Als er heute in den Salon eintrat und in die Runde grüßte, schauten alle kurz zu ihm und nickten und Onkel Würde setzte sich an das linke Ende der Stuhlreihe. Er hörte die Scheren fleißig klappern und das Gerede der Frisörgesellen; der Meister, Herr

Lobsien selbst, saß wie so oft an der Kasse und blätterte in dem Terminkalender.

Nach kurzer Einstimmung mit »Wie geht es denn bei Ihnen in diesen unseren Zeiten?« und »Haben Sie schon das von dem Bürgermeister gehört?« kamen die wartenden vier Männer allmählich ins Gespräch.

»Diese neue Baustelle in der Mühlenstrasse ist ja wirklich eine Zumutung.«

Sagte Herr Kaffke und zupfte seine Corona-maske zurecht.

»Man kann mitunter gar nicht mehr einkaufen fahren! Wenn sie wenigstens sagen würden, dass an einigen bestimmten Tagen die Strasse ganz gesperrt ist, dann kann man sich darauf ja einstellen, aber so? Ich verstehe ganz einfach nicht, wie und warum diese Stadtverwaltung uns Bürger so im Ungewissen lassen kann.«

»Aber das ist doch einfach zu verstehen.«

Mischte sich jetzt Jörg Rinow ein,

»Die haben doch alle miteinander so viel Zoff, lesen Sie denn keine Zeitung? Da ist doch die eine aus ihrer Partei ausgetreten worden und sofort fand sie einen gut dotierten Posten bei der Opposition, und nun bangen die Regierenden um ihre Mehrheit, zumal bei den anstehenden Finanzrunden. Oder glauben Sie nicht auch, dass unser Bürgermeister mit beiden Augen auch auf den Wahltermin schielt?!«

»Natürlich. Solange die immer nur von einer Wahl bis zur nächsten denken und auch danach handeln, wird es immer schlechter gehen. Und erst die Presse!! Aber andererseits soll doch alles, was dort über die Stadtverwaltung geschrieben steht, mit denen im Voraus abgestimmt sein, oder?«

»Da haben Sie natürlich recht. Die wollen alle doch nur in einem guten Licht erscheinen. Und auch Presseberichterstatter möchten gern ihre Posten behalten und ihre Reputation im Rathaus nicht verlieren.«

»Ja, vergessen Sie nicht, im Herbst haben wir Wahlen. Und da will jede Partei doch ihre Wähler nicht verprellen.«

»Na, die werden sich doch wundern! Der eine schlägt auf den anderen ein und alle zusammen gehen auf den Bürgermeister los!«

»Ich habe gehört, unser Bürgermeister hat so gute Beziehungen zur Presse, weil doch seine Schwiegermutter …«

»Was? Der hat eine Schwiegermutter? Ich dachte immer, der sei vom anderen Ufer.«

»Aber nein! Der ist doch schon lange verheiratet mit dieser Dame von der Hafengesellschaft, die taucht doch immer wieder in den Zeitungsberichten auf mit ihrem eingefrorenen Lächeln und den vielen falschen Zähnen.«

Alle grinsten hinter ihren grünen und weißen Antivirusmasken.

»Na dann, dann ist es ja auch kein Wunder, dass dort so viel gestreikt wird!«

»Wo doch unser Hafen so wichtig ist. Allein der Umschlag von skandinavischen Papieren und Hölzern.«

»Und dann erst die vielen Transporte nach Estland!«

»Oder in die gesamten baltischen Staaten, da müsse man doch etwas mehr tun als nur einmal im Jahr einen Höflichkeitsbesuch machen, oder?«

»Und teure Geschenke austauschen, alles auf unsere Kosten?!«

Rüdiger Kaffke zog sich den korrekt sitzenden Schlips noch gerader und schaute erwartungsvoll und Bestätigung heischend über den Rand seiner Gesichtsmaske.

»Ja ja, alle lauern nur auf die Wahl im Herbst. Da wird so manche Partei wieder Haare lassen müssen, so wie wir hier.«

Onkel Würde grinste unter seiner grünen Maske.

»Und ich würde mit ihnen allen wetten wollen, dass wir dann einen neuen Bürgermeister bekommen werden, oder?«

»Da bin ich ganz ihrer Meinung!«

Grummelte Herr Sander hinter seiner Zeitung hervor, faltete diese und schaute alle direkt an:

»Und ich gehe sogar noch weiter, ich sage Ihnen heute schon, wir werden eine große Umorientierung im Rathaus sehen können. Denn ich weiß aus einer zuverlässigen Quelle, dass sich unser Bürgermeister wegbeworben hat. Seine Partei hat noch großes mit ihm vor und er soll unbedingt nach Berlin gehen. Er möchte sich für den neuen Bundestag bewerben, und wie es ausschaut, werden ihn seine Parteigenossen darin wohl oder übel unterstützen.«

»Das denke ich doch, mehr übel als wohl. Denn sie wollen ihn loswerden, sie nehmen es ihm übel, dass er es verstanden hat, sein Vermögen erheblich zu vermehren, oder etwa nicht?«

»Alle denken alle an die eigenen Pfründe, wollen auch mal an das ganz große Geld. Würde ich so denken.«

»Na, so furchtbar viel verdient man als Bürgermeister ja doch wohl nicht in dieser Stadt, oder haben Sie da andere Informationen? Sie sind doch als alter Kumpel mit dem Stadtkämmerer gut bekannt, oder?«

Onkel Würde rückte sich zurecht. Sein Rücken schmerzte mal wieder. Herr Lobsien sollte doch unbedingt mal anderes Gestühl besorgen, diese alten Stühle waren schon mindestens seit dreißig Jahren für seine Kunden da und knarzten mit ihren durchgesessenen Sitzflächen.

»Also würde ich meinen, nach allem, was man so hört und weiß, das ganz große Geld bekommt man als Bürgermeister natürlich nicht. Da hat die Aufsicht der Kommunalverwaltung schon für gesorgt. Aber die Nebeneinkünfte, die sind es. Da gibt es mal eine Dienstreise zu den Balearen, mal muss der Bürgermeister als Vertreter der Hansestädte nach Riga fliegen oder mit der neuen Fähre nach Stockholm, und das alles zusammen macht den finanziellen Reiz aus. Denn die sogenannten Gastgeschenke dort an Ort und Stelle, die kann er alle für sich behalten, zumal dann, wenn hier in der Stadt keiner davon etwas weiß.«

»Und ich hörte neulich, das er auch seine Frau und seine Kinder mitgenommen hatte. Es ging wohl nach Südafrika, so sagte man mir.«

»Natürlich. Wir haben ja mit den schwarzen Ureinwohnern so furchtbar viel zu tun und der Handel mit Elfenbein soll ja auch wieder ganz groß sein. Aber Spass beiseite, wir sollten natürlich auch die Länder im dunklen Kontinent nicht vergessen, zumal jetzt bei dieser vermaledeiten Infektion. Und die da unten in dieser heißen Sonne bekommen zu wenig Impfstoff, auch von uns.«

»Haben Sie sich denn schon die letzte Auffrischimpfung abgeholt?«

»Ja natürlich, ich möchte kein Long-covit bekommen. Ich habe meinen Vetter gesehen, der lag drei Wochen auf der Intensivstation. Und jetzt kommt er so ganz langsam wieder zu Kräften, aber nur ganz langsam, der arme Kerl. Er ist noch immer in der Klinik. Nein danke, das muss ich nicht haben.«

»Früher hab ich mich ja regelmäßig im Herbst gegen Grippe impfen lassen, aber nun, ich weiß nicht so recht. Das käme dann ja noch zu den Covitimpfungen hinzu, ob mein Körper das alles verträgt?«

»Da können Sie unbesorgt sein. Unser Körper verträgt so manches. Er verträgt ja sogar all den Schmutz und Staub, den die Baumaßnahmen der Stadt aufstieben und unsere Luft verpesten. Und was das kostet!!«

»Da sagen Sie was! Ich hörte unlängst, dass der Bausenator für seine Unterschrift unter den Plan für den Neubau des Stadtmuseums eine stattliche Summe in bar erhalten haben soll, und zwar von der Baufirma, die den Auftrag so günstig bekommen hat.«

»Kein Wunder, sie haben ja sicher von diesem Senator alle

Unterlagen über die Konkurrenz vorab geliefert bekommen. Wenn man weiß, was die anderen für Preise wollen, dann kann man diese doch leicht unterbieten.«

»Ich würde meinen, dass es mit diesem Senator noch ein ungutes Ende geben wird, oder? Wenn jemand so wie der seine Hand so offensichtlich immer wieder hinhält und da dann dies oder jenes Scherflein hineinfällt, tja, man steckt ja nicht drin, aber das ist mehr als unkorrekt, oder?«

»Ist es denn nicht eigentlich sehr erschreckend, dass die öffentliche Hand immer noch an dem alten Zopf zieht, dass der niedrigste Anbieter den Zuschlag bekommen muss. Da ist es doch vorprogrammiert, dass deren Bauten dann schon in absehbarer Zeit die ersten Mängel aufweisen.«

»Und dann wird es am Ende doppelt oder dreifach so teuer, und wer zahlt das alles? Wir Steuerzahler natürlich!«

»Ja, wenn der Bart erst mal ab ist ...«

»Der nächste bitte!«, ertönte die tiefe Stimme von Herrn Lobsien.

»Das bin ja wohl ich.«

Karl-Otto Sander setzte sich auf den Friseurstuhl und der Meister höchstselbst legte ihm die Papiermanschette um den Nacken und zog dann den dunklen Umhang zurecht. Das Schneiden dann überließ er seinem Angestellten.

*

Susanne machte ihre Einkaufsliste. Aus alter Gewohnheit und langer Erfahrung schrieb sie immer einen Zettel, bevor sie mit ihrem Netz zum Supermarkt ging, denn früher hatte sie häufig genug zwei- oder gar dreimal gehen müssen. Als Schülerin hatte sie über die aus ihrer damaligen Sicht alten Leute gegrinst, die ihren Einkaufswagen mit einer Hand schoben und in der anderen die Liste mit den zu erwerbenden Dingen festhielten. Sie hatte das stets als Alterserscheinung gewertet, aber seit sie allein in eigener Wohnung lebte, war das mit dem Altsein nicht mehr so richtig, sie fand es viel bequemer und sicherer, wenn sie in aller Ruhe zu Hause im bequemen Sessel und mit dem Kochbuch in Reichweite eine Liste zum Einkaufen fertig stellte. Denn auch im großen Supermarkt gab es nicht immer das, was sie sich kaufen wollte. Zum Beispiel hatten sie dort nur selten Pfannkuchen oder Radieschen, Mangoeis oder Spargel. Nicht nur die Jahreszeiten bestimmten die Auswahl in der Frischeabteilung, sondern auch die Nachrichten konnten zu Überraschungen führen. Sie dachte zum Beispiel an das Toilettenpapier, das zu Beginn der Krise fast ausverkauft war, oder wie sehr sie erschrocken, jawohl, richtig erschrocken gewesen war, als sie am Tag nach dem Beginn des Ukrainekrieges vor einer vollständig leeren Tiefkühltruhe gestanden hatte, in der sonst immer die gefrorenen Pizzen angeboten worden waren. Im Nachhinein hatte sich herausgestellt, dass an jenem Tag die monatliche gründliche Reinigung der Tiefkühltruhen von der Firmenleitung angeordnet worden war, weil man das in regelmäßigen Abständen machte, schon der pingeligen Kundschaft wegen; es waren viele berentete Lehrer und Beamte unter den Stammkunden dort und die versuchten, durch das Aufspüren negativer Vorkommnisse einen Vorteil bei der Geschäftsleitung zu erhalten oder zumindest einen Ermäßigungsrabatt auf bald abgelaufene Frischhaltezeiten oder übersehene falsch ausgezeichnete Dinge.

Ja, Susanne war ganz mit sich im Reinen, dass sie auch vor dem Rentnerdasein eine Liste fürs Einkaufen schrieb. Wer schreibt, der bleibt! Das hatte Henry beim Doppelkopf immer gesagt und dabei sein unnachahmliches Lächeln gezeigt. Sie liebte ihn noch wie am ersten Tag. Wenn sie sich nur an die Stunde auf dem Standesamt erinnerte! Das war das einzige Mal gewesen, dass

Henry gestottert hatte, als er unterzeichnen sollte. Er wusste einfach nicht mehr, was er schreiben durfte, obwohl diese Namensänderung doch nur für sie, für Susanne, galt, aber nicht für ihn als Bräutigam, als Namensgeber. Sie hatten sich entschlossen, dass beide seinen Namen annehmen sollten. Henry fand ihn nicht sehr angemessen, vor allem, weil viele seiner Kunden aus dem Ausland ihn nicht richtig aussprechen konnten oder wollten, und er hatte auch schon mit ihr besprochen, dass sie auf jeden Fall ihren Kindern, wenn denn bald welche kommen sollten, einen Namen aussuchen würden, den man auch in fernen Ländern gut artikulieren konnte. Sie wollten keinen der ach so beliebten exotischen Namen wie Nancy, Jasmin oder Pasquale, nein, er sollte möglichst kurz und einprägsam und auch von völlig Fremden gut auszusprechen sein. Noch waren sie sich nicht einig geworden, besonders bei den Namen für Mädchen, aber noch war Susanne ja gar nicht schwanger.

Ach ja, Henry.

*

Es nieselte leicht. Die Ampel an der Kreuzung sprang auf Rot, als Burckhard in sein Pförtnerhäuschen ging. Er nannte es bei sich: das Aquarium. Denn bis auf die Rückwand, die den schlichten grauen Beton zeigte, aus dem das ganze Parkhaus gebaut worden war, waren alle Wände aus Glas, vom Boden bis zur Decke. Eine Sitzecke mit älteren Korbmöbeln und einem kleinen runden Tisch, ein Stahlschrank, ein Regal, auf dem Batterien, Lampen, ein Stapel Stadtpläne und alte Zeitungen lagen, ein metallener Schreibtisch, darauf ein Bildschirm und ein Festnetztelefon mit einem bequemen Drehstuhl davor, in den sich Burckhard setzte. Er hatte so einen guten Überblick über die herein- und hinausfahrenden Fahrzeuge, konnte die Kreuzung gut erkennen, vor allem aber besah er sich die Menschen, die meist mit Taschen, prallen Tüten oder Päckchen beladen aus der Stadt wieder zurück zu ihrem geparkten Wagen kamen. Sie stiegen die wenigen Treppenstufen hoch und dann standen sie vor der mannshohen Zahlbox mit danebenstehendem Wechselautomaten, sie schoben ihren Parkschein hinein in den Schlitz und dann erschien auf dem Display die zu zahlende Summe, die Kunden warfen das Münzgeld in den Schlitz und es erschien der abgestempelte Parkschein wieder, mit dem sie dann die Schranke beim Hinausfahren öffnen konnten.

Burckhard saß gern hier in dem Drehstuhl. Viele Stammkunden grüßten ihn mit Kopfnicken, erhobener Hand oder steckten auch mal den Kopf durch die Glastür und plauderten kurz. Er sah schwer beladenen Männer, die große in bunte Papiere eingepackte Dinge auf ihren Rücken schleppen mussten, während die meist in leichten Mänteln gekleideten Frauen vorweg liefen oder hinterher, oft aber mit einer eher höherlagigen Stimme zu mehr Schnelligkeit antrieben und gelegentlich einen weißen Pudel an der roten Leine führten. Oder auch die betagten Ehepaare, Arm in Arm, die Frauen meist dunkel gekleidet, die Männer oft mit Schiffermützen auf grauen Haaren, den wenigen, sie gingen langsam, aber stetig, nickten meist freundlich und warteten geduldig auf den Fahrstuhl. Wenn am Vormittag Ruhe eingekehrt war, so in den Stunden nach halb zehn, da waren die meisten schon längst auf dem Weg in Geschäfte oder saßen an ihren Arbeitplätzen, dann hatte Burckhard Zeit und Muße, schaute auf den Verkehr und in die Wolken, dachte über dies und das, las erst die Zeitung und dann seine Heftchen. Es waren unterschiedliche Heftchen, er las nicht nur Western oder Kriminalgeschichten, nein, auch sogenannte humorige Schilderungen oder Arztromane: SIE TRAFEN SICH AM WENDELSTEIN; WENN MONA DOCH GEWARTET HÄTTE; DER

LINDENWIRT MACHT ERNST oder DIE KALTE HAND AM HINTERKOPF DES BAHNWÄRTERS.

Mitunter grinste er über die mangelnde Fantasie der Schreiberlinge, es war alles so vorhersehbar: der Graf nahm seine kalte Hand und küsste die errötende Magd, die dann ein paar Seiten später die jahrelang verschollene Tochter der Gutsverwalterin war. Aber Burckhard mochte so etwas, es kostete ihn keinerlei Nachdenken, die Zeit, immerhin bezahlte Arbeitszeit, plätscherte angenehm sacht vorüber und er schonte sein Hirnschmalz für die wichtigen Dinge. Was er kochen sollte, er war ja Selbstversorger, seine Magda war vor Jahren unter einen Lastwagen gekommen und er hatte nach intensiven Trauerjahren nicht mehr den Mut gehabt, sich anderweitig umzusehen nach einer Lebensabschnittsgefährtin, wie er seinen Stammtischfreunden erzählt hatte, er käme auch allein zurecht und außerdem sei es so billiger, denn das wisse ja jeder: die Bedürfnisse von Frauen sind größer und vor allem viel teurer als die der Männer.

*

Onkel Würdes Bedürfnisse waren überschaubar, zumindest für seine Frau Irmi: er brauchte vor allem Publikum, am liebsten eines, welches seine Geschichten noch nie gehört hatte. Da konnte er dann so richtig aufdrehen und von seinen Abenteuern erzählen, den wirklich erlebten und den ausgedachten. Mit weit ausholenden Armbewegungen unterstrich er seine Berichte und deutete so Größe oder Weite von Städten, gefährlichen Tieren, eindrucksvollen Menschen oder interessanten Landschaften an. Gern erzählte er Geschichten seiner Afrika-Safari: er hatte seine Zwischenprüfung abgelegt und sein Bruder Gottfried hatte ihn zu dieser Reise eingeladen. Denn dieser hatte schon eine gut laufende Firma, er belieferte Hotels und Restaurants im ganzen

Lande mit frischer Tischwäsche, Bettlaken und Handtüchern; insgesamt hatte er über dreißig Angestellte und verdiente sehr ordentlich.

So fand sich also Dieter, das war der Taufname des Onkel Würde, erstmals in seinem Leben auf einem anderen Kontinent wieder.

»Ich würde ja sagen, dass es alles in allem eine ganz tolle Reise gewesen ist, erzählte er nach der Rückkehr. Wenn nur nicht diese entsetzlichen Ungeziefer alles immer wieder überzogen hätten!

Da waren diese Küchenschaben, so groß wie bei uns die Untertassen, die krabbelten allüberall herum, sogar an der Decke liefen die längs, und dann, wenn ich eben im Bette lag, dann ließen sie sich von oben herabfallen. Kamen sie auf dem Boden an, gab es einen gewaltigen PLATSCH!! Das würde ich so sagen. Und einmal, ich würde lügen, wenn ich das jemals vergessen könnte, einmal klatschte sogar eine direkt auf mein Gesicht. Das war in einem dieser Hotels am Meer, man hatte mir gesagt, ich würde hier kein Moskitonetz benötigen. Pustekuchen! Statt der Moskitos kamen diese Kakerlaken, es war grauslich, und wie, zum Gruseln, würde ich mal sagen. Und dann würde ich noch erwähnen müssen, dass das Bier dort ganz exquisit ist. Kein Wunder, es wurde ja auch von deutschen Braumeistern hergestellt, nicht wahr. Und zwar schon seit der Kaiserzeit. Denn, was viele heute nicht mehr wissen oder wissen wollen, auch wir hatten zu Kaisers Zeiten ein paar Kolonien in Afrika, jawohl! Ich würde meinen, dass deutsches Bier unbedingt unseren Beitrag zur Völkerverständigung darstellt, oder?

Und ich würde meinen, dass es außer den Riesenkakerlaken noch diese Moskitos gab, die schwirrten allüberall umher, ihr wisst doch, das sind die, wo auch diese Erkrankungen übertragen, Malaria und Dschungelfieber, die Pest und so. Ich würde ja meinen, dass wir als Europäer gut geimpft sind gegen alle diese

Gräuel, aber nichtsdestotrotz war es mehr als lästig, immer dieses Schwirren in den Ohren zu haben. Immer um sich schlagen zu müssen, mit allem, was man so hatte, mit der Zeitung, mit dem Handtuch, mit dem Mückennetz. Natürlich schliefen wir nur unter solchen Mückennetzen, ich hatte ein grünes, und Gottfried ein weißes, und ich würde so schätzen, dass diese Moskitos das grüne bevorzugten. Jedenfalls waren immer mehr Viecher am Morgen an meinem Netz versammelt als bei meinem Bruder. Da saßen sie und summten mit ihren Saugrüsseln.

Bei Rüsseln würde ich noch erwähnen müssen, natürlich haben wir auch Elefanten gesehen; wir fuhren mit einem Jeep hinaus in die Weite, in den Naturpark, in das geschützte Reservat, und da stand eines der großen grauen Tiere mitten auf der Straße, das heißt, ich würde sagen, es gibt dort keine Straßen, sondern nur Pfade, Wildpfade, oder angedeutete Wege, oder man fährt einfach so los, quer durch den Busch, aber nur, wenn da einer von den Safarileuten am Steuer sitzt, meist ein eingeborener Ranger, und der nebenan, der hat dann auch ein Gewehr zwischen den Knien, damit er es rechtzeitig bereit hat, wenn mal ein wildes Tier uns anfallen sollte oder so.

Ja, ich würde schon sagen wollen, dass dieser Urlaub der aufregendste meines Lebens gewesen ist.«

Mit offenen Mündern hatten die Kinder zugehört, und eines der Kleinsten fragte dann ganz direkt und nicht in der Art der erlaubten Erwachsenensprache, ob er denn auch ein paar schwarze Wilde gesehen habe, so ganz echte, mit einem Lendenschurz oder so, oder gar Menschenfresser.

»Du meinst die Eingeborenen, nicht wahr? Du meinst die ganz dunkelhäutigen Menschen, die dort wohnen, und ich würde dir sagen müssen, dass die meisten, die dort leben, die leben so wie wir auch. Sie leben in Hochhäusern und großen Städten, die haben da auch ebensolche Supermärkte wie wir hier. Aber wir sind dann auch hinausgefahren in die Savanne zu den Dörfern, und da kann man es noch sehen, die kleinen Hütten der Eingeborenen: die sehen ja von außen ganz alt aus und wie zerfallen und scheinen aus alten Kisten und Palmstämmen zusammengezimmert zu sein, aber ich würde dir erzählen müssen, dass im Inneren dieser Hütten alles tiptop ist, die sind so eingerichtet wie bei uns, die haben viel größere Tiefkühltruhen, weil es dort viel heißer ist als hier, und alle haben einen großen Farbfernseher und viele haben auch neben Handys eine Funkstation. So haben sie sich früher nur über Funk verständigen können, da gab es aber in jedem Dorf nur eine Funkstation, und in vielen Gegenden auch heute noch, weil in diesem großen weiten Land gibt es nicht so viele Funkmasten für die Handys. Und ihr wisst ja, die Handys auch bei uns haben nur eine gewisse begrenzte Reichweite.

Und wenn es um ganz wichtige Dinge geht, dann gibt es dort immer noch die Trommeln. Bei solchen Anlässen wie der Wahl eines neuen Häuptlings oder eine große Stammeshochzeit, da werden die alten Traditionen hoch gehalten und dann wird getrommelt, was das Zeug hält. Ich würde also meinen, dass alles in allem die Einheimischen dort so Leute sind, die sind fast so wie wir, nur ihre Hautfarbe ist eine andere.

Denn da gibt es ja auch noch die Mischlinge, also die Kinder von verschiedenen Arten, wo der Vater so ganz schwarz ist, fast wie kohlenschwarz, und die Mutter kommt aus Indien oder von einer der Inseln aus dem indischen Ozean, und deren Haut ist viel heller, und dann sind die Kinder von denen mal ganz schwarz und mal ganz hell, fast wie weiß. Und diese Vorstellung bei den Afrikanern, dass als vornehm und schön nur eine helle Haut gilt oder ein langes glattes Haar, diese Ansicht ist noch weit verbreitet. Das nutzen viele Firmen aus dort. Ich würde sagen, dass die Mittel zum Haarglätten oder zum Bleichen der Haut, die von vielen dortigen einheimischen Firmen hergestellt werden, und dass diese insgesamt fast die Hälfte der Waren in den dortigen Supermärkten ausmachen. Dabei haben die das doch gar nicht nötig, wenn ihr mich fragen würdet.

Denn viele der Einheimischen dort sind von ebenmäßigem hohem Wuchs, sie haben einen fast antilopenhaften Gang, ganz elegant schreiten sie, und wenn dann noch die Frauen in ihren bunten Gewändern auf dem Kopf einen Korb balancieren, dann sieht das so edel und vornehm aus, als ob ein Burgfräulein von den Zinnen der Ritterburg hinabsteigt zu ihrem Liebsten.

Die Würde der Menschen dort hat mich doch sehr beeindruckt, und wenn man bedenkt, dass wir alle letztlich dorther stammen, wenn man bedenkt, dass wir Menschen alle aus dem Rift-valley dort stammen, dass wir also alle letztlich nur Enkel oder Urenkel der Afrikaner dort sind, dann sollte man hier mit den Vorurteilen gegenüber den verschiedenen Hautfarben ganz vorsichtig sein, denn dann beschimpft man am Ende ja nur sein Verwandten. Würde ich mal so sagen.«

Seine Frau Irmi konnte das schon nicht mehr hören. Denn sie war schlicht beleidigt, dass Onkel Würde ohne sie nur mit seinem Bruder Gottfried nach Afrika gefahren war. Nicht dass sie selber gern die beiden begleitet hätte, sie konnte weder Flugreisen ab noch ein Schiff besteigen, hatte auch beides noch nie gemacht, aber sie wäre gern gefragt worden!

Innerlich hatte sie viel zu viel Angst davor, dass irgendjemand über sie bestimmen konnte, und auf so einer Fahrt war sie ja dem Piloten oder Kapitän hilflos ausgeliefert, so sah sie das jedenfalls. Daher war sie nie aus ihrer Stadt herausgekommen, es war schon viel, wenn sie mit dem regulären Bus an die Ostseeküste fahren konnte einer Kaffeefahrt wegen, aber auch nur, wenn sie eingeladen worden war.

»Es gefällt mir nicht, ganz und gar nicht, wenn du jedes Mal allen erzählst, dass wir mit diesen Hottentotten verwandt sein sollen. Du magst ja von den Negern abstammen, und manchmal, wenn ich so abends deine Füße ansehe, die sind auch schwarz wie die Nacht, besonders, wenn du die blauen Sommerlatschen anhast, dann kommt es wohl wieder mal durch, deine Verwandtschaft mit denen da unten in Afrika, oder?«

Und mit einem heftigen Schnauben deutete Tante Irmi ihr Missfallen an und wandte Onkel Würde gern die kalte Schulter zu. Sie jedenfalls behauptete immer, dass ihr kalt sei, und dann sollte Onkel Würde immer die Heizung etwas höher drehen, oder sie zog demonstrativ ihre warme Strickjacke an, selbst vorm Fernseher in ihrem Lieblingssessel. Dann saß sie da den ganzen Abend in ihrer warmen Jacke und den fellgefütterten Puschen und grollte vor sich hin. Onkel Würde konnte sie zum Glück oft nicht hören, denn wegen seiner zunehmenden Schwerhörigkeit trug er zum Fernsehen stets ein paar Kopfhörer, die am TV-gerät selbst aufgeladen wurden.

*

Susanne trug die schwere Einkaufstasche über der rechten Schulter und blieb auf dem Markt noch am Blumenstand stehen. Sie brauchte noch etwas für den Frühling in ihrem Wohnzimmer. Der freundliche Händler packte schon die großen Holzkisten mit Gemüse zusammen und lud sie auf den Anhänger, aber seine Frau gab Susanne einen ganzen Arm voll roter und gelbweißer Tulpen für einen geringen Preis ab.

Nehmen sie man den ganzen Schwung, junge Frau, wenn ich die wieder mitnehmen soll, werden die auch nicht besser. Und so haben Sie ein paar Tage den richtigen Frühling in der guten Stube, nicht wahr?

Susanne konnte dem lächelnden Gesicht nicht widerstehen und nahm den Armvoll Blumen, es war jetzt am Ende der Marktzeit auch viel preiswerter. Beschwingt schritt sie in ihre Straße. Mutter hatte auch immer Blumen im Wohnzimmer gehabt, von der Oma her hatte sie viele Vasen geerbt, die meisten standen auf dem Küchenschrank und man konnte sie nur erreichen, wenn man auf den Hocker stieg und sich hinüberbeugte. Henry hatte oft schon gemeint, dass sie doch ein paar der alten Dinger endlich aussortieren sollte, aber dann argumentierte Susanne, dass jede Blumenart und jeder Strauss eben eine andere Vase brauche und man müsse auf alles gefasst sein, denn wer weiß schon im Vornherein, was die Besucher so mitbringen oder was da auf dem Markt besonders angeboten wird. Henry hatte es nicht so mit Blumen, er mochte sie zwar gern ansehen, aber auf die Idee, für Susanne einen Strauss zu besorgen, auf diese die kam er nicht. Und der für viele Ehemänner in unseren Breiten verpflichtende Blumenkauftag, der Valentinstag, der fiel bei ihnen aus. Henry hielt ihn für eine aus Reklamegründen erfundene Angelegenheit, die nur den Anreiz zum Blumenkauf fördern sollte und verweigerte sich den kapitalistischen Verkaufsideologien, wie er sagte. Er machte nur ungern das, was alle machten. Er tat lieber etwas eigenes, verfolgte am allerliebsten eigenen Entwürfe und Vorstellungen. So hatte er vor ein paar Jahren Anfang des Sommers Susanne ins Auto gepackt und war mit ihr in die Heide gefahren. Sie hatten an einem kleinen See gehalten und waren dann bei hellem Mondschein nackt ins Wasser gesprungen und hatten sich später jauchzend rund um das Ufer gejagt und nach erfolgreicher Verfolgung waren sie Haut an Haut in das Heidekraut hinabgesunken und hatten sich geliebt.

Sie hatten noch lange nebeneinander dort gelegen, leise geredet und geschwiegen, hatten ein Rudel Rehe vorüberlaufen sehen und wurden im

Morgengrauen vom Gesang einer Amsel geweckt.

*

Sie waren dann zusammengezogen, und als sie sich nach einem Jahr in der gemeinsamen Wohnung noch immer gut verstanden und ihre Liebe keine Neigung zur Verkümmerung zeigte, da heirateten sie. Zwar nur in einem kleinen Kreis, nur ein paar Freunde, denn Henry hatte darauf bestanden:

»Nur keine Verwandten, das gibt nur böses Blut, die können sich doch alle untereinander nicht leiden. Und ich möchte nicht, dass es ausgerechnet bei meiner Hochzeit zu einem Eklat kommt, dass es blutige Nasen gibt oder sich einige die Köpfe einschlagen. Nein, nur ein paar gute Freunde.«

Susanne schlug ein kleines Restaurant vor, am See sehr idyllisch gelegen, da gab es einen kleinen Raum für Vereinsfeiern, und dort feierten sie mit ihren Freunden die Hochzeit. Alles lief sehr harmonisch ab und es wurde sogar getanzt, weil Hugo seine fahrbare Disko mitgebracht hatte. Er war eigentlich beim Finanzamt tätig, aber an Wochenenden fuhr er gern über die Dörfer und legte Musik auf bei Schützenfesten oder Feuerwehrbällen, in Dorfgaststätten, Festzelten, bei Hochzeiten und runden Geburtstagen. Er war einer von Henrys besten und ältesten Freunden, sie hatten schon zusammen die Schulbank gedrückt und vielerlei Streiche in ihrer Pubertät unternommen, ohne je erwischt worden zu sein.

Einmal hatten sie sogar den geheimen Weinkeller der Direktorin geöffnet und dort aus den verstaubten Regalen eine Flasche Wein gestohlen, natürlich hatten sie dazu ihre Winterhandschuhe getragen, wegen der Fingerabdrücke, und leichte Gummihandschuhe besaßen sie nicht, sie waren ja keine gelernten Einbrecher. Wie sich dann am Lagerfeuer am See in der Heide nachts herausstellte, als sie den Wein verkosten wollten, hatten sie eine Flasche Rotbäckchen erwischt, nur Vitaminsaft. Die Direktorin dachte also auch selbst an ihre Gesundheit, verzichtete auf Alkohol und trank auch in der Freizeit nur Säfte und gesunde Vitamine.

Susanne hatte diese und andere Schulgeschichten schon oft

gehört, denn Hugo war in all den Ehejahren sehr oft bei ihnen gewesen. Sie waren auch ein paar Mal gemeinsam in Urlaub gefahren, wobei sie und Henry im Auto vorweg gefahren waren und Hugo war auf seinem Tourenfahrrad mit den Satteltaschen gefolgt. Er kannte viele Wanderwege, war er doch in ganz Deutschland schon mit seinem stets geputzten Rad seit Jahren kreuz und quer durch die Republik gefahren. Als dann die Bundesrepublik und die DDR zusammen wieder ein Deutschland geworden waren, da hatte Hugo ein größeres Terrain zu befahren und für ihn war es wie die Erkundung eines ganz fremden Erdteiles.

Es gab damals ja für vieles nicht einmal Karten, denn von Seiten der DDR-behörden waren alle wichtigen Wege, die zu oder von russischen Standorten im Lande führten, falsch eingezeichnet oder gar zur Gänze einfach weggelassen worden, so dass ein Unkundiger auf den Landkarten nicht weiterkam. Auch die Wegweiser waren dementsprechend präpariert. Am meisten aber erstaunte Hugo, dass es so etwas wie die Mauer in Berlin auch in Mecklenburg gegeben hatte, denn in Dassow stand eine ähnlich hohe Mauer mit Wachtürmen, weil die Ostsee und an der Pötenitzer Wieck der Westen nicht weit waren; befuhren doch Schiffer von Ost und West diesen See gleichermaßen und fischten dort Aale und Maränen. Es gab Bewohner von Dassow, die nach dem Krieg dort geboren worden waren, die hörten zwar die See und auch die Wellen an die Fundamente der Mauer schlagen, aber die hatten noch nie einen Blick auf das Ufer oder das Meer dort machen können. Erst nach Fall der Mauer in Berlin wurde die Mauer in Dassow auch abgerissen und man ließ nur zwei, drei Wachtürme stehen, die als Aussichtsturm oder Museum nun ihre jetzt friedlichen Dienste verrichten konnten.

Hugo war ein so begeisterter Radfahrer, dass er sich einen Anhänger gebaut hatte, in dem er die gesamte Disco-anlage verstauen konnte, und bei gutem Sommerwetter fuhr er dann an

45

Sonnabenden mit dem Fahrrad, wenn es nicht zu weit weg war, seine rollende Disco zu den jeweiligen Tanzorten hin.

Henry selber war kein so begeisterter Radfahrer, sein Hobby war schwimmen und tauchen. So hatte er auch Susanne für lange Flüge begeistern wollen, die überaus meisten der sehenswerten Tauchziele lagen ja fern von Deutschland. Einige im Mittelmeer, andere im Roten Meer oder in der Karibik, auch im Pazifik und im indischen Ozean, und natürlich war so etwas wie das Great Barrier Reef in Australien für Taucher das vielgelobte Paradies. Zumindest in früheren Jahren, denn im Laufe der Erderwärmung hatte auch der stetige Temperaturanstieg den Korallen dort einiges angetan und die Korallenbleiche hatte das Leben an vielen Stellen im Riff zerstört, und wo die Korallen absterben, gibt es auch keine Fische mehr. Henry war allerdings noch nie in Australien gewesen, Susanne war ganz froh, denn sie mochte nur ungern fliegen, nicht nur aus Gründen, die mit Angst zu tun hatten, das hielt sich in Grenzen nach den ersten Flugerfahrungen. Es war für sie jedes Mal doch aufregend und erschreckend zugleich gewesen, wenn so ein blecherner Vogel sich vom Grund löste und aufstieg, sie schaute aus dem Fenster und sah den Erdboden kleiner und kleiner werden und dann kamen Wolkenberge, und wenn der Flieger durch die Wolkenformationen durchbrach und die Sonne das Silber der Außenhülle aufblitzen ließ, dann seufzte Susanne auf, jetzt waren sie durch. Sie hatte irgendwo gelesen, dass die meisten Unfälle beim Fliegen bei Start und Landung geschehen würden, während des Fluges sei man zumeist ziemlich sicher. Auch wurde sie dann abgelenkt, erst durch den Film, der auf den kleinen Bildschirmen gezeigt wurde, dann gab es Essen, und bei den langen Flügen blieb ihr immer noch der Schlaf. Augen zu, Decke über das Gesicht und dann innerlich abschalten. Meist gelang ihr das auch.

Und nun lag Henry seit Wochen schon in der Klinik auf der

Intensivstation, das Virus hatte ihn schlimm erwischt. Anfangs war er noch zuversichtlich gewesen und hatte gescherzt, dass bei seinem braven Lebenswandel so ein kleiner Virus ihm doch nichts zuleide tun würde, er wäre sicher in einer Woche wieder draußen im Leben, im richtigen. Aber dann hatte sich sein Gesundheitszustand arg verschlechtert und er musste beatmet werden. Als Susanne ihn das erste Mal auf dem Bauch liegend so ohnmächtig in seinem hochgestellten Klinikbett gesehen hatte, konnte sie den Anblick nicht ertragen, sie musste hinauslaufen und vor der Tür neben dem Betongebäude sich auf den Rasen setzen und den Tränen freien Lauf lassen.

– Er muss es einfach schaffen! Ich brauche ihn doch so sehr. Das kann doch nicht schon alles gewesen sein, oder? Ach lieber Gott, hilf Henry, dass er alles gut übersteht und bald gesund werden kann!!! –

Die Tage wurden zu Wochen, und nun lag Henry schon fast ein Vierteljahr im Krankenhaus. Aber die Ärzte waren immer noch optimistisch, denn es hatte sich nichts Wesentliches verschlechtert. Allerdings auch nichts verbessert. Und wie Susanne konnten sie auch nur hoffen und weiter Medikamente und Beatmung und künstliche Ernährung laufen lassen.

*

Burckhard packte den Korb in der Küche aus. Er war wieder einmal bei seiner Nichte Cora, die nun schon seit ein paar Monaten zu Hause bleiben musste. Sie hatte sich erst mit Corona infiziert, aber das war nach zwei Wochen Quarantäne vorüber gegangen und sie dachte, sie habe es überstanden. Aber dann kam ein paar Tage später ein Rückfall mit Atemnot, Schlafstörungen, Herzbeschwerden und allgemeiner Müdigkeit. Sie hatte einfach keine Kraft mehr. Der Hausarzt diagnostizierte Long-Covit-Syndrom, und das blieb leider von Woche zu Woche und machte sie völlig arbeitsunfähig. So manche ihrer Kolleginnen wollte es gar nicht glauben, denn rein äußerlich sah man ihr ja nichts an, bis auf eine leichte Blässe sah Cora aus wie immer und etliche der neugierigen Nachbarinnen konnte es sich nicht vorstellen, dass es so vieles gab, was Cora nicht mehr machen konnte. Sie hielten sie zunächst nur für faulkrank, als wolle Cora sich nur zusätzlichen Urlaub holen bei ihrem Arbeitgeber. Die Frau Rösler von gegenüber sagte sogar:

»Ich sehe es den Menschen doch an, wenn sie wirklich krank sind. Dann kommt da so ein Ausdruck in die Augen, der mir deutlich sagt, dass diese Person schwer leiden muss.«

Und Burckhard erinnerte sich noch gut an seine Zeit beim Bund, damals kam es erstmals zum Auftreten von AIDS in Deutschland, diesen Kranken sah man zunächst ihre schlimme Erkrankung auch nicht an. Erst meinte man, das sei nur eine Krankheit für eine kleine besondere Gruppe von Menschen. Nämlich von Homosexuellen. Aber dann griff das AIDS auch über die ganze Welt und erfasste alle Bereiche, ob arm oder reich, ob Mann oder Frau, ob Indonesier oder Ägypter, ob Engländer oder Franzose, und auch in Deutschland gab es viele Todesfälle, eben nicht nur unter den Homosexuellen, sondern auch unter der heterosexuellen Gemeinschaft. Damals war es ähnlich, man sah es den Betroffenen zunächst nicht an. So wie jetzt bei Corona. Wie jetzt bei Cora. Es dauerte eine gute Weile, ehe alle in ihrer Umgebung begriffen hatten, dass sie wirklich erkrankt war und zwar ziemlich schlimm. Es gab Tage, da traute sie sich nicht mehr aus dem Haus. Zu den körperlichen Symptomen kam dann eine depressive Grundstimmung obendrauf, sie mochte nichts mehr tun und wollte auch nichts mehr hören und sehen, alles schien ihr gleichgültig zu sein. Und wenn ihr Onkel Burckhard sich nicht immer wieder um sie gekümmert hätte, dann hätte sie wohl ganze Wochen apathisch im Bett liegend zugebracht.

Zu ihrem Onkel Burckhard hatte sie schon immer eine gute Beziehung gehabt. Er war mit sich zufrieden, das gab es in ihrer Umgebung nur selten, und er bemühte sich immer wieder, die Welt ein kleines Stückchen besser zu machen, sei es mit dem Reinigen der Grünstreifen, dem Plastikeinsammeln im Park oder der monatlichen Hilfe bei der Tafel. Cora wusste, dass Burckhard selbst nicht allzu viel Geld zur Verfügung hatte, da ging es ihm ähnlich wie ihr selbst, aber er hatte stets ein offenes Ohr für die Belange der Anderen. Und so half er ihr auch ohne großes Gerede, einfach so. Und er mochte sie, er mochte ihre offene Art und hoffte nur, dass auch sie in absehbarer Zeit einen Mann finden könnte, der zu ihr passte, der sie zu schätzen weiß, der ihr nicht wehtut.

So kam Onkel Burckhard dann ein oder zweimal in der Woche zu Cora und brachte ihr, was er dachte oder was sie am Telefon bestellt hatte. Gelegentlich nahm er sie auch mit, dann fuhren sie mit dem Bus an den Strand, gingen dort im Sand spazieren und ließen ihre Füße von den heranrollenden Wellen überspülen, saßen in den Dünen zwischen Strandhafer und Dünengras und ließen sich Weintrauben oder belegte Brote gut schmecken.

Heute hatte Burckhard ihr eine Tüte Äpfel mitgebracht, ein Sonderangebot, und ein paar frische Brötchen, etwas Käse und Marmelade. Cora kochte ihnen einen Ostfriesentee, der schmeckte ihnen bei dem hiesigen Wasser am Besten, und dann saßen sie ruhig da, tranken ihren Tee und plauderten über dies und das. Cora genoss diese unbeschwertes Beisammensein, in dem niemand von ihr etwas wollte oder ein drängendes Verlangen hatte, und Burckhard freute sich, dass seine Nichte wieder allmählich zu Kräften zu kommen schien und ihren Lebensmut noch nicht ganz verloren hatte.

*

Das Telefon klingelte, es war Hugo, der sich nach dem Befinden und Zustand von Henry erkundigte und fragte, ob er noch irgendetwas für Susanne machen könne. Sie redeten eine Weile und Susanne war froh, dass da jemand war, der auch ganz eng mit Henry verbunden war. Mit einem guten Gefühl und deutlich getröstet beendete sie nach etwa einer Viertelstunde das Telefonat.

Ja, mit diesem Hugo hatte es seine besondere Bewandtnis. Er war ein uralter Schulfreund von Henry und sie hatten auch einige Ferien gemeinsam verbracht, einmal waren sie im Sommer mit dem Fahrrad nach Spanien gefahren, quer durch Frankreich, denn eine Überquerung der Pyrenäen war ihnen doch zu schwierig erschienen, und so trampelten sie gemütlich vor allem durch die Weinanbaugebiete bis nach Bordeaux. Natürlich hielten sie nicht nur hier, sondern auch in vielen Winzerstätten immer wieder an, der Wein musste schließlich probiert werden. Und wenn die Weinproben zu viel wurden oder zu viel Alkohol enthielten, dann schliefen sie am Rande eines Weinberges in ihren Schlafsäcken. Es war ja sehr trocken, trocken und staubig, und daher wohl auch die stets durstigen ausgetrockneten Kehlen der beiden Radfahrer. So kamen sie denn endlich ans Mittelmeer und fuhren an seinem Rand auf gut ausgebauten Wegen mit Blick auf die oft smaragdgrünen Wellen die gewundene französische Küste entlang, querten die Grenze und strampelten dann nach Barcelona, wo sie ein paar Tage Pause machen wollten.

Die merkwürdig fließenden pflanzenförmigen Bauten von Gaudi, nicht nur die berühmte Kathedrale, sondern auch die kleinen Innenhöfe, die Galerien in den hohen Wohnhäusern, die Gartenumrandungen, die Dachgestaltungen waren vegetabil mit bunten Scherben ausgestaltet und beeindruckten die Reisenden sehr. Henry schwärmte noch Jahre später von den riesigen Tellern voller Meeresfrüchte, die sie am Strand dort serviert bekommen hatten, von der Fiesta mit all den kunstfertigen Gitarrenspielern, die aus ganz Spanien zu einem Wettbewerb zusammengekommen waren und allüberall in der Stadt auf Strassen und Plätzen ihre Musikalität lautstark präsentierten. Dazu kamen oft gerade in den kleinen Plätzen die bereitwilligen Einwohner, die den Amateurmusikern und professionellen Spielern bereitwillig applaudierten; und abends drehten sich dann auch geschmückte Frauen mit Kastagnetten zu den heißen Klängen der Flamencos. Dazu dann ein Glas Rotwein, oben der nachtblaue Himmel, die perlende Musik, die lockenden Blicke der Frauen auf die beiden jungen Deutschen mit den blauen Augen und dem hellen Haar. So kam es wie schon gelegentlich auf ihrer Reise, es fand sich häufig eine glutäugige Senorita, die so begehrenswert erschien, dass einer der beiden, Hugo oder Henry, den Reizen nicht widerstehen konnte und dann mit der lächelnden Dame verschwand. Hugo hatte dann für den Rest der Urlaubstage in Barcelona eine feste Freundin, mit der die Nächte am Strande ungestüm und berauschend waren; Henry hatte seinerseits wechselnde Partnerinnen, mit denen er sogar tagsüber ganz brav in Museen ging oder die Rambla entlang bummelte, hier gab es einen kleinen Sherry und dort eine handvoll Vorspeisen, er fuhr sogar mit einer der reizenden jungen Frauen in die Sherryhauptstadt nach Jerez. Dort flanierten die Einheimischen auf ihren Pferden durch die Straßen und die Damen waren in wunderschöne Kostüme gehüllt und schauten hochmütig in eine Ferne vom Rücken ihrer Tiere herab. Die Herren der Schöpfung mit den breitrandigen Sombreros ließen ihre Rosse traben, sich aufbäumen, seitwärts schreiten und taten so manches, um die Aufmerksamkeit der Damenwelt zu erringen. Diese wiederum hielten den Blick stur geradeaus und den Rücken straff gespannt und gerade, als hörten und sähen sie nichts von all dem um sie herum.

Spanisch eben, dachte Henry, als der mit seiner Senorita durch die Stadt schritt. Sie trug einen ellenlangen Namen, er nannte sie

Rosie, um nicht zu viel Zeit allein mit dem Namen zu vergeuden. Sie schlenderten Hand in Hand, das hatte sie ihm erlaubt, denn in Jerez kannte sie ja niemand, da durfte sie sich etwas lockerer geben. In Barcelona trafen sie häufig auf Tanten, Onkel oder andere weitläufige Verwandte, Henry wurde nicht ganz schlau aus dem, was sie sagte; sie konnte auch nicht so gut englisch, und spanisch verstand er nicht, obwohl sie sich mühte, ihm das beizubringen, was er ihrer Meinung nach wissen und können sollte.

Kurz, es war ein wunderbarer Urlaub mit sehr lauten und sehr leisen Augenblicken, mit viel Volksgewühl und zweisamer Einsamkeit, mit Tanz, Musik und liebevoller Stille. Als sie beide dann zurück mussten, schließlich gingen ja jede Ferien einmal zu Ende, da beschlossen sie bei einem Capuccino in dem kleinen Strandcafe, einfach mit der Bahn zurückzufahren. In den Kunststoffpolstern des Zuges saßen sich Hugo und Henry gegenüber und erzählten sich die erlebten Träume, die ausgelebten Fantasien, die fabelhaften Ereignisse. Und über so manches versprachen sie sich, ein großes Stillschweigen zu bewahren.

Viele Jahre hielten sie den Kontakt, auch später, als sie schon längst im Beruf etabliert waren. Später heiratete Hugo eine Lehrerin und Henry seine Susanne. Sie trafen sich gelegentlich zu viert, aber oft kam auch nur Hugo vorbei, er radelte immer noch gern und viel, seine Frau konnte und wollte wegen ihrer Hüfte nicht so gern mithalten.

*

Susanne trat unruhig vom Bahnsteiggeländer zurück. Sie wollte Richard abholen und stand oben auf der Balustrade, von der sie die ganzen Bahnsteige, Gleise und Weichen übersehen konnte. Der Zug aus Hamburg hatte Verspätung; wie sie den lautstark geführten Reden der Umstehenden entnehmen konnte, war das eher wohl ein Dauerzustand bei der Bundesbahn. Zwei ältere Frauen, die offenkundig zum Einkaufen nach Travemünde wollten und daher auf den Zug warteten, schimpften mit spitzen Mündern über die Deutsche Bahn, die sich das ja wohl nur erlauben konnte, weil die ohne Konkurrenz sei.

»Denn bei allen anderen Privatbahnen würden wir informiert werden, über den Lautsprecher, oder da würde ein Text laufen auf der Anzeigetafel.«

»Wir hätten doch lieber den Bus nehmen sollen, der fährt ja auch bis in die Mitte, da hätten wir den Weg vom Bahnhof in die lange Geschäftsstraße nicht laufen müssen.«

»Aber der Bus ist ja viel teurer! Und dann sitzt man da auch nicht so bequem.«

»Aber dafür pünktlich!«

»Du denkst wohl nicht an die Umwelt, oder? Wie viel CO_2 wir da wieder in die Luft gepustet hätten! Bei der Bahn ist es doch alles jetzt elektrisch.«

»Ach ja? Und wie wird der Strom erzeugt? Ich wette, dass die da auch nur mit Wasser kochen und die Erzeugung vom Strom kostet auch eine Menge schädlicher Gase, oder?«

»Im Grunde ist es wohl egal, wie wir unsere Fahrten auch machen, das einzige, was keine Umweltzerstörung machen kann, das ist doch, wenn wir zu Fuß gehen, oder?«

»Nun ja, da bleibt immer noch das Fahrrad.«

»Aber bei der Herstellung eines Rades wird auch viel Dreck erzeugt, oder nicht?! Denk doch nur an das Gestell, der ganze Rahmen aus Metall, das muss erst aus dem Berg geholt werden, dann geschmolzen und in Form gebracht werden. Das alles kostet Unmengen an Energie, und das produziert wieder unnötige Abgase in der Atmosphäre, oder?«

»Und erst die Reifen, der Gummi, diese endlosen Plantagen, die die armen Indios dafür anlegen müssen und dafür den schönen Regenwald abholzen. Und dann muss alles noch hierher transportiert werden, und die Schiffe fahren nicht elektrisch, die laufen doch mit Diesel oder Schweröl oder so, was weiß denn ich.

Auf jeden Fall, das siehst du schon bei den Fähren in Travemünde, was da aus den Schornsteinen an schwarzem Rauch rauskommt, das ist auf jeden Fall ungesund für die Umwelt.«

»Also sollten wir es lassen, ja, wir sollten es ganz lassen, immer wieder einmal in der Woche nach Travemünde zu fahren.«

»Aber wieso denn?! Wo doch dort so schöne Geschäfte sind. Und außerdem, wenn wir nicht mehr fahren, die anderen fahren doch weiter. Der Zug fährt jeden Tag, ob wir nun darin sitzen oder nicht. Und die Busse auch. Und wenn die sowieso fahren, dann können wir ja auch mitfahren, oder?«

Es erklang ein schrilles Tuten, Susanne sah den roten Eilzug aus Hamburg um die Ecke biegen und sich verlangsamend auf den Bahnsteig zu bewegen. Dann hielt er und eilige Menschen stiegen aus und andere wieder hinein. Susanne schaute in das wogende Gewimmel und hielt Ausschau nach einem großen Mann. Sie hatte Richard nur auf alten Schwarzweißfotos gesehen, er war bisher noch nie hier gewesen.

Ein großer Mann in hellem Trenchcoat stieg die Treppe empor mit einer braunen Reisetasche und sie erkannte ihn an dem Bart. Er trug einen dichten schwarzen Vollbart. Henry hatte ihr erzählt, dass Richard sich den Bart hatte stehen lassen, als er in London studierte und des Nachts in Chelsea mit anderen auf den Stufen der Studentenhotels Dosenbier und schottischen Whiskey getrunken hatte, er war einigen Fotografen aufgefallen und konnte sein Studiengeld aufbessern als Model für Gin und eine Kaufhauskette.

Weißt du, hatte Henry erzählt, er war am Anfang ganz stolz gewesen, nicht nur, weil er jetzt endlich genügend Geld zur Verfügung hatte, nein, er schickte dann seinen besorgten Eltern jede

Woche diese ganzseitige Reklameanzeige des Kaufhausringes, auf der er mit breitem Lächeln Reklame machte für Gurken, Kinderspielzeug oder Gin, er bedauerte nur, dass er vom Kaufhaus keine Gutscheine bekam, denn er hatte nur mit der Fotoagentur einen Vertrag, aber leider nicht mit der Kaufhauskette. Hier, ich habe noch einige von diesen Anzeigen.

Und Henry wühlte in seiner alten Studentenkiste, wie er es nannte, ein großer stabiler Pappkarton, in dem er die für ihn noch wichtigen Zeugnisse seines Studentenlebens aufbewahrte: vergilbte Quittungen von Restaurantbesuchen, Programmhefte von Theatern und Musicals, eine kleine Broschüre gegen den Atomkrieg, die er am Trafalgar Square von dem Philosophen Bertrand Russell hatte signieren lassen; bunte Spielkarten, die Reklame für Kaffee, Restaurants oder Neueröffnungen von Bars und Schuhläden machten und immer wieder Fotos, unsortiert, oft verblichen, aber für ihn ganz wichtig. Dort hatte er auch Bilder von Richard und seinem Bart, erst am Anfang, als er noch wie unrasiert aussah, dann deckte ein dunkler Flaum seine Wangen und später dichte dunkle Haare, und Henry lachte und erzählte ihr, damals hätten sie Richard nur noch »Käpten Schwarzbart« genannt, nach der Comic-figur.

Susanne lief auf ihn zu und fasste ihn am Arm:

»Du musste der Richard sein, nicht wahr?«

Er lachte, ein fröhliches Lachen, auch in seinen Augen. Er setzte die Reisetasche ab und umarmte Susanne:

»Wie schön, du holst mich ab, das ist herrlich! Ich hätte mich sicher verlaufen.«

»Na weißt du, du hast doch unsere Adresse. Und außerdem gibt es auch hier Taxen.«

»Ja, aber so ist es eben deutlich besser. Und wie du ausschaust! Ja, Henry hat dich sehr gut beschrieben, glaub mir.«

Susanne lachte auf.

»Ja ja ,mit Worten war Henry schon immer gut. Nun komm, ich bringe dich erst mal nach Hause und dann erobern wir die Stadt!«

Und sie zog ihn mit, sie redeten über Henry und wie es ihm jetzt ginge, Richard erzählte, wie er wegen seines Studiums damals nach Deutschland gekommen sei und erst in Tübingen gelandet war:

»Weißt du, da habe ich zum ersten Mal einen guten Eindruck von eurem Lande bekommen. Ich hatte mir in den Semesterferien ein Zimmer in einem der vielen Studentenverbindungshäuser gesucht, ich wusste ja damals nicht, was das war, die Hauptsache war für mich, dass es ziemlich preiswert war. Aber als ich am ersten Tag dort erwachte, da hörte ich merkwürdige laute Geräusche. Da schlug Metall auf Metall und zwar ziemlich laut. Ich schaute aus dem Fenster und dachte erst, ich sei im falschen Film, ich sei zurückgebeamt ins Mittelalter. Da unten auf dem Hof in der Morgensonne gingen junge Leute mit Drahthauben und Gitterschutz vor den Gesichtern und alle hatten schwere Säbel und damit schlugen sie aufeinander ein.

Später erfuhr ich, das waren Studenten aus einer schlagenden Verbindung, die übten für ihre Mensuren, da standen sich immer zwei gegenüber und versuchten, sich mit den Säbeln einander im Gesicht zu verletzen, damit es eine schöne Narbe gab. Einen sogenannten Schmiss. Damit sollte Mut und Tapferkeit bewiesen werden, und die Damen, wie man mir erzählte, die würden solch eine Narbe als Zierde und Auszeichnung ansehen und das wollten die jungen Männer doch alle haben.

Wie ich später erfuhr, galt eine solche Narbe auch in beruflicher Hinsicht als Eintrittskarte in so manch eine Firma, wenn deren Besitzer ebenfalls in einer schlagenden Verbindung gewesen waren. Man erzählte sich sogar, dass manch einer von den Linken sich in seiner Bude vor dem Spiegel mit einer Rasierklinge einen solchen Schmiss selbst zugefügt haben soll, damit seine Chancen bei der Berufswahl steigen sollten. Zumal unter Juristen war das ein beliebtes und probates Mittel, um in den Bewerbungsgesprächen Eindruck zu schinden, so sagt man doch, oder?«

»Du sprichst ein phantastisch gutes Deutsch, Richard,« lächelte Susanne.

»Kein Wunder, ich hab es ja auch jahrelang gelernt. Erst war ich in Tübingen, später dann in Kiel, dort bin ich auch Henry begegnet, und nun sind wir seit Jahren schon befreundet.«

»Wie gut, Henry hat so viel von dir, von euch erzählt. Wo und wie habt ihr euch eigentlich so richtig kennengelernt?«

Richard lachte vor sich hin.

»Das war in Kiel in der Mensa. Das werde ich nie vergessen. Ganz neu war ich und studierte BWL und Volkswirtschaft, in Kiel ist ja auch dieses berühmte Institut für Weltwirtschaft, weißt du? Ich wollte mir gerade in der Mensa etwas zum Mittagessen holen, wir waren so drei, vier Kollegen, alle aus dem Seminar, und es gab Labskaus an dem Tag. Das hatte ich noch nie gegessen und auch noch nie gesehen. Und dann stieß Henry zu uns, der kannte den Frank, und er deutete auf den großen Kessel mit Labskaus hinter der verglasten Theke und meinte, das sei nur etwas für Studenten ab dem vierten Semester:

Denn wisset alle, das ist so ein Geheimnis wie mit den Rumkugeln!

Und er wandte sich an mich:

Du weißt doch, was Rumkugeln sind, oder?

Ich hatte keine Ahnung und sprach damals noch nicht so gut deutsch. Also erklärte mir Henry das Geheimnis:

Weißt du, wenn am Abend der Bäckermeister durch seinen Laden geht und dann alle Reste in einen Korb fegt, egal was auch immer es sein mag, all das, was am Tag nicht verkauft worden ist, das manscht er alles zusammen und bereitet einen dicken Teig daraus.

Und der soll ja auch nach irgendetwas schmecken, er will ihn ja schließlich verkaufen. Also kippt er dann Rum hinein, aber natürlich keinen guten Jamaica-rum, der wäre viel zu teuer, nein, er nimmt die kleinen bunten Päckchen von Rum-aroma, die er vom Oetker-konzern geliefert bekommt, und daraus formt er dann die Rumkugeln und dann werden sie aufgebacken und kommen am nächsten Morgen in den Verkauf, und die Kinder freuen sich drauf. Die Eltern waren zunächst besorgt, weil sie dachten, dass da Alkohol drin sei, aber der Bäckermeister konnte sie beruhigen, es war ja nur der Geschmack von Rum, eine reine chemische Sache ohne Gefahr für die Kinder. Und seit einigen Jahrzehnten gibt es also diese Rumkugeln zum Vergnügen für Kinder und alle, die für wenig Geld etwas Süßes kaufen wollen. Und dieses hier, das nennt man Labskaus. Und das wird genau so hergestellt wie die Rumkugeln!«

»Also auch vom Bäckermeister?«

»Nein, du Dösbaddel! Aber der Koch macht es ebenso wie der Bäcker, er nimmt alle Speisereste von der Woche, dreht diese durch den Fleischwolf und diese Restepampe wird dann mit roter Beete gefärbt. Und damit keiner so richtig merkt, was er da essen soll, da gibt es einen Rollmops oder Matjes dazu und obendrauf in die Mitte kommt noch ein Spiegelei. So werden seine Kunden getäuscht, denn alle denken doch, wo ein Ei drauf ist, das muss gut und teuer sein. Und Fisch dazu, hier an der Küste, das kann doch nur gut sein. Und so ist das Labskaus entstanden.«

»Aber Henry, was erzählst du denn für Sachen. Noch dazu einem Ausländer. Der muss sich doch völlig verarscht fühlen, wenn du ihn derart anlügst!«

Dieter hatte seine Einwände und trug sie mit erhobener Stimmer vor:

»Du weißt doch ganz genau, dass dieser Labskaus auf den Schiffen des Kaisers schon erfunden wurde, weil dort der Koch nur gepökeltes Rindfleisch und keine frische Gemüsen an Bord auf langer Fahrt zur Verfügung hatte.«

Sei es wie ihm wolle, an jenem Tag bekam Richard sein erstes Labskaus und beim Essen neckte ihn Henry immer wieder und dann gingen sie gemeinsam in Henrys Stammkneipe, zum alten Kalli. Dort saßen sie dann in den nächsten Monaten oft und lange, und Richard, der damals auf Budensuche war, konnte schließlich durch Henrys Vermittlung bei diesem einziehen:

Da wohnten wir also im vierten Stockwerk ohne Fahrstuhl in einem Altbau, der den Krieg noch überstanden hatte. Es war ziemlich lustig dort, wir waren alle Studenten: da waren Helga und Werner, die beide Geographie auf Lehramt studierten, und sie hatten wenig Geld, wie wir alle. Sie waren aber schon seit Jahren verheiratet, ihr Studium zog sich hin, weil sie das Studiengeld und überhaupt das Geld zum Leben selbst verdienen mussten. Und dann gab es da noch die rote Vera. Die hieß so, weil sie ständig zu Demonstrationen ging und eine rote Unterhose trug. Das wussten wir, weil wir alle eine gemeinsame Küche und ein Bad hatten und dort auf der Leine über der Wanne wurden immer die Wäschestücke aufgehängt, im Winter meist die Strümpfe der Mädchen und ihre Unterwäsche, und das haben wir dann beim gemeinsamen Kochen gebührend beredet und belästert. Und dann war da noch der Pam, ich weiß gar nicht, wie der eigentlich hieß, alle nannten ihn nur Pam, der war Patamatiker, er studierte Physik, aber nicht, weil er Lehrer werden wollte, nein, er wollte in die reine Wissenschaft. Der machte auf unseren Parties immer die patamatischen Sätze, solche wie: Wenn das Telefon klingelt, wird die Hose gewechselt! Oder so. Und dann noch die Frederike, die kam aus dem Saarland. Damals wusste ich gar nicht, wo das liegen mochte. Die studierte Medizin und stand kurz vor ihrem Examen und hatte den Kopf voll, aber sie hatte immer guten Wein. Aus ihrer Heimat, wie wir später erfuhren. Und dann natürlich Henry und ich. So lebten wir in einer Gemeinschaft. Heute ist so eine WG ganz selbstverständlich, aber damals war es doch sehr ungewöhnlich. Ja, so lernte ich den Henry kennen. Wir wohnten eine ganze Weile gemeinsam dort oben, vier oder fünf Semester lang.

Na, dann kennt ihr euch ja schon ziemlich lange und gut.

So gingen Susanne und Richard gemächlich in die Stadt hinein und redeten über die alten guten Zeiten und das Wetter und die Leute und schauten auf Plätze, Straßen und den Fluss und beide freuten sich. Es schien ein guter Tag zu werden.

*

Burckhard setzte seine Mütze wieder auf. Das Päckchen mit den Scheiben Katenschinken legte er vorn in den Fahrradkorb und dann fuhr er los. Am Nachmittag war er schon bei seiner Nichte Cora gewesen und hatte ihr Kartoffeln, Möhren und frischen Käse gebracht. Nun wollte er zu seinem alten Schulfreund Dieter, der wohnte ganz im Osten der Stadt, nahe am Fluss, dort, wo die Schrebergärten angelegt waren und auch die Einrichtung für geistig Behinderte ein Haus mit großem Garten hatte. Dieter war dort als Gärtner angestellt, er liebte das Pflanzen, das Säen und natürlich auch das Ernten. Das war schon in der Schule so gewesen, immer hatte er ein paar Töpfe auf dem Fensterbrett in seinem Zimmer, er durfte auch hinter dem Haus bei den Pfählen, die Dieters Mutter zum Wäschetrocknen benutzte, ein kleines Beet anlegen, aber nur mit nützlichen Pflanzen, die man auch verwenden kann, hatte sein Stiefvater noch gesagt und drohend seine Faust erhoben. Ja, Schläge gab es damals reichlich für Dieter, aber er hatte es sich nicht verdrießen lassen und war dann mit

Beginn der Lehre dort schnell ausgezogen, was sein Stiefvater nur zu gern gesehen hatte:

»Da haben wir einen Esser weniger, und es bleibt mehr für uns übrig!«

Dann hatte Dieter seine Lehre zum Gärtner mit Auszeichnung bestanden und sich später selbstständig gemacht als Landschaftsgärtner, bis er wieder in seine Heimatstadt zurückgekehrt war und nun in der Behinderteneinrichtung die Gärten, Wiesen und Beete pflegte und den liebenswerten Bewohnern das Umgehen mit den Blumen, das Aufziehen von Sträuchern, Rosen und Bäumen zeigte und im Herbst alle zur Ernte zusammenholte. Es gab dort recht viele Apfelbäume der unterschiedlichsten Sorten, und in einem Nebengebäude wurde aus dem gesammelten Obst dann Saft gepresst. Das ersparte der Küche der Einrichtung viel Geld, die Bewohner erhielten so ihre täglichen Vitamine und es blieb sogar noch etwas Gemüse übrig, was dann auch in dem betriebseigenen Laden zusammen mit Kohl, Mohrrüben und Gurken verkauft werden konnte.

Hierhin fuhr Burckhard nun, er hatte neben Dieter seit der zweiten Klasse gesessen und sie hatten so manchen Lehrer ärgern können. Burckhard grinste vor sich hin.

Er dachte an den alten Liemann, der war in der Unterstufe für die ersten Klassen zuständig gewesen. Damals wurden noch vier Klassen gleichzeitig in einem Raum unterrichtet und den Sportunterricht gab es auf der ungepflasterten Straße, wo nur selten ein Auto fuhr. Gelegentlich gab es Probleme mit einem Radfahrer, wenn sie beim Völkerball einer Hausfrau mit ihren Einkäufen auf dem Fahrrad nicht schnell genug ausweichen konnten. Einmal wollte Lehrer Liemann seinen Schülern beim Geräteturnen eine Riesenwelle am Reck vorführen. Burckhard und Dieter hatten am Abend zuvor aber einen der Holme angesägt, von unten natürlich, und den frischen Schnitt im Holz hatten sie mit Straßenstaub so verputzt, dass man nichts sehen konnte. Und dann, als Lehrer Liemann gerade eben zum entscheidenden Schwung ansetzen wollte, machte es KRACKS und der Holm war durchgebrochen. Der Rest vom Sportunterricht fiel natürlich aus, alle schoben es auf das Alter des Buchenholzes und eine innere Vermorschung, weil der Barren ja Tag um Tag und Monat für Monat draußen im Freien allen Wettern ausgesetzt war.

Später hatten sich Burckhard und Dieter aus den Augen verloren, aber Dieter hatte nach einigen Jahren mit Briefen doch wieder den Kontakt gesucht. Burckhard war kein großer Briefschreiber, er redete lieber am Telefon mit den Leuten. Als Dieter später dann seinen eigenen Betrieb hatte, telefonierten sie ungefähr einmal im Monat miteinander.

Frohgemut trat Burckhard in die Pedale. Er freute sich auf den Abend mit seinem alten Schulfreund, besonders, weil dieser ihm von einer neuen Ladung erzählt hatte. Denn Dieter machte in seinem geräumigen Gartenschuppen nicht nur den Apfelsaft, er hatte sich auch neben der blinkenden Obstpresse in einem alten braunen Eichenschrank ein Destillationsgerät eingebaut. Und wenn sie beim Apfelsaftpressen waren, dann pflegte er abends, wenn die Bewohner der Einrichtung zur Ruhe gekommen waren und in ihren Betten schliefen, den roten Gummischlauch von der Presse zu dem blitzenden Apparat in seinem Schrank zu führen. Dann wurde der Elektromotor angeworfen und es blubberte bald in der Brennblase und dann, Tropfen für Tropfen, rann ein deftiger Apfelkorn in das hohe Glasgefäß. Wenn es die Zeit erlaubte, dann brannte Dieter den Korn auch zwei- oder dreimal durch, er schmeckte dann viel besser und war auch bekömmlicher. Und das allerbeste war, es kostete ihn nichts.

So kam er und mit ihm auch sein Freund Burckhard alle Vierteljahr zu einem langen Abend mit einem schweren Kopf am nächsten Morgen. Die beiden Schulfreunde saßen in ausgedienten alten Clubsesseln, zwischen ihnen stand auf einer Holzkiste die grünlich schimmernde Glasflasche mit dem Messinghahn am Boden, aus dem sie immer wieder ihre kleinen Wassergläser nachfüllten. Auf der Kiste stand noch ein abgestoßener Teller mit dem Katenschinken, den Burckhard mitgebracht hatte, daneben lag ein kleines scharfes Messer, mit dem schnitten sie sich immer wieder mal ein Stück vom milde geräucherten Schinken ab, zwischen den einzelnen Gläsern musste es eben etwas Salziges und Festes sein. Das gab den Zähnen Arbeit und tat dem Magen wohl, der Kater am nächsten Morgen hielt sich so in Grenzen.

*

Sichtlich beeindruckt traten Susanne und Richard aus der Jacobikirche. Besonders das letzte Rettungsboot der PAMIR hatte es Richard angetan, er war mit der Seefahrt gut vertraut, er kam ja aus Nordengland, aus einem der ganz kleinen Örtchen an der Nordsee, aus Whitby. Sein Großvater war noch einer der letzten richtigen Fischer gewesen, der mit seiner Mannschaft in einem hölzernen Trawler auf Heringe fuhr, sein Vater hatte immerhin noch in einer der Werften gearbeitet und dort Schiffsmotoren zusammengebaut. Richard selbst war in seinen Schuljahren gesegelt und dann nach London zum Studium gegangen. Jetzt arbeitete er bei einer der großen Versicherungen in der City of London. Er war eines Europa-meetings wegen nach Hamburg gekommen und hatte ein paar Tage Urlaub drangehängt, um seinen alten Studienfreund Henry zu besuchen. Er war noch nie hier in Henrys Heimatstadt gewesen und hatte Susanne gebeten, sie möge ihm doch die Stadt zeigen, von der Henry ihm so oft vorgeschwärmt hatte. Susanne war sehr erfreut darüber, denn so konnte sie ihm die Schönheiten ihrer Heimat doch so richtig vorführen. Richard mochte Architektur und freute sich an den alten Häusern und Höfen, besonders die Fachwerkbauten aus dem Mittelalter interessierten ihn sehr. Auch bewunderte er die Kunstfertigkeit der Baumeister und damaligen Stadtplaner, die in der Altstadt alle Hauptstraßen durch Gänge, die alle Hinterhöfe miteinander verbanden, erreichbar gemacht hatten. Diese kleinen fast verwunschen erscheinenden Häuschen schienen an die großen Kontorbauten wie angeklebt zu sein.

»Die sind alle so liebevoll restauriert worden.« Staunte er.

»Früher haben hier die Armen der Stadt gelebt, die mussten die Schweine durch die Gassen treiben, und die wiederum gehörten dem Bischoff oder einem der Senatoren. Heute leben hier meist die Gutsituierten oder die kleinen Häuser sind von der Stadt aufgekauft worden und es leben jetzt Studenten darin.«

Richard gefiel diese Mischung von alt und jung sehr, das machte die Stadt so lebendig und anders als in den großen Städten sahen die Menschen hier nicht so gehetzt aus und sie bewegten sich auch alle viel ruhiger und gelassener.

»Sag mal,« Richard hielt Susanne am Arm und zeigte die Engelsgrube hinunter, deren schön gebauten Häuser zogen im Schwung der Straße bis zum Fluss, der Trave.

»Ich verstehe eins nicht, ihr Deutschen seid doch so gründlich und sorgfältig, aber wenn ich hier diese Strasse sehe, die ist doch ganz krumm, ich dachte immer, in Deutschland läuft alles wie mit dem Lineal gezogen schnurgerade.«

Susanne lachte laut auf:

»Das ist doch gerade das Besondere, da haben sich die Uralten etwas bei gedacht, denn denk mal nach: Im Mittelalter, da lagen da unten die Schiffe mit all der Fracht, den Fellen aus Russland, den Fischen aus Estland und dem Holz aus Finnland und all den anderen Waren aus Skandinavien und den anderen Hansestädten, und die ganze Straße entlang standen die Häuser mit den Schuppen und Lagern, also mussten alle Waren die Straße herauf mit Pferden transportiert werden, und im Winter, wenn die Pflastersteine tief gefroren waren oder von Eis und Schnee glatt wurden, dann konnten die Tiere doch die Lasten nicht hier hoch ziehen, denn sie rutschten unweigerlich weg. Also mussten sie einfach schräge die Straße hinauf, so ging es eben leichter und es war einfacher, es kostete die Tiere weniger Kraft, sie kamen so leichter und schneller zu den jeweiligen Lagerhäusern.«

Richard nickte verstehend.

»Das leuchtet mir ein, und ich sehe auch, dass da und dort oben an den Häusern noch die vorstehenden Balken vom Giebel in die Straße ragen. Dort waren die Seilzüge angebracht, mit denen dann die schweren Säcke oder das Stückgut hinauf gezogen wurde. Denn manche der Häuser hatten die Lagerflächen bis unter das Dach.«

Richard lachte auf: »Das hab ich doch schon mal gelesen, oder?«

»In den Buddenbrooks, wo denn auch sonst.«

»Henry hatte mir das Buch zum Geburtstag geschenkt, damals in London, und dann sind wir die Serpentine entlanggezogen, haben uns auf dem warmen Rasen gut sein lassen. Es gesellte sich damals auch noch so ein Vertreter für Sherry und Portwein dazu, und da lagen wir mitten in London am Ufer des kleinen Sees, die Ulanen ihrer Majestät ritten vorüber, wir tranken Sherry und genossen den Sonnenschein.«

»Und ich dachte, ihr sein alle so fleißig gewesen und habt den Hintern nicht aus der Studierstube herausbekommen?!«

Sie lachten beide auf.

»Na weißt du, so ein Studentenleben ist auch in Good Old England nicht nur ein unendliches stures Büffeln in kleinen ungeheizten Buden. Wir hatten viel Spaß, kann ich dir sagen. Ich weiß noch, das war ein langes Wochenende, da ist Henry mit mir gekommen nach Whitby, nun ist das kein Ort zum Vorzeigen, da gibt es viel Industrie, Schlote und das Wasser ist voller Abfälle und Öl, aber ein paar Meilen südwärts, in Scarborough, dort gibt es schönen Strand, und da sind wir dann mit dem Chor der Uni und unendlich vielen Picknickkörben hingefahren, es war Frühsommer und das Wasser war noch nicht sehr warm. Aber nach diversen Ales und Whiskeys haben wir uns alle unter lautem Gejohle ausgezogen und sind in die Fluten gehüpft, dann haben wir die wilde Jagd gespielt.«

»Und was ist diese wilde Jagd denn, ein typisch englisches Gesellschaftsspiel, denke ich, oder habt ihr das dort erfunden?!«

Richard lachte auf.

»Wenn du so willst. Eigentlich viel urtümlicher, wir nackten Männer haben die Mädchen gejagt, den ganzen Strand die nackten Schönen gehetzt und hinein in die Heide und die Büsche, und wenn wir dann unser Wild ergriffen hatten, dann wurde es so richtig erlegt.«

»Du meinst: so richtig erlegt? Wie soll ich das verstehen?«

»Nun denk doch mal scharf nach, auch deine deutsche Fantasie ist nicht so eng:

Da ist eine mondhelle Nacht, da ist ein weiter Strand, warmes Fleisch, ganz weich und noch heiß vom Rennen, Atemlosigkeit, hungrige Blicke, nackte Leiber, junge Männer und Frauen, alle Etikette sind gefallen, wir leben schließlich im zwanzigsten Jahrhundert!«

»Aber in England, dem konservativen England der Brontes und victorianischen Verordnungen, der ungeschriebenen Klassengesetze und so.«

»Ja eben, das war es doch! Wehe wenn sie losgelassen. Ungezügelt, ungebändigt, das hat uns allen doch sehr gut getan. Und als wir alle uns am nächsten Morgen dann wieder trafen am Strand, an der Picknickstelle, ein kleines Feuerchen, auch zum

Trocknen der Sachen, und ein früher Tee oder auch der Rest Alkohol aus den Flaschen, alle schauten ziemlich fröhlich, nein, eher befriedigt drein.«

»War Henry auch dabei?«

»Aber ja. Er war ziemlich gefragt, denke ich, zumal bei den Damen.«

Sie schritten weiter auf dem mittelalterlichen Pflaster und Susanne führte ihn zu einer der wirklich bemerkenswerten Besonderheiten dieser Stadt:

»Schau hier, Richard. Was liest du da auf dem Straßenschild?«
Und er las brav vor:

»Fegefeuer. Oh weh, hier also an diesem Ort müssen die Sünder in den Flammen brennen, oder?«

»Warte nur, es kommt noch besser, schau hier, diese Querstraße, da geht es direkt zur Hölle.«

»Ihr müsst aber viele Sünder hier haben, oder gehabt haben.«

»Ach was, alles halb so schlimm. Ich denke, wir haben und hatten hier in der Stadt auch nur so viele wie in anderen Städten auch. Aber wenn man durch das Fegefeuer an der Hölle vorbei gekommen ist, dann schau, dort steht der Dom, und dieser Vorbau am Chor, das ist dann das Paradies.«

»Ihr habt es hier wirklich bequem, beim Einkaufen könnt ihr durch das Fegefeuer eilen und die Hölle links liegen lassen und dann direkt auf das Paradies zusteuern.«

»Äußerst praktisch, so etwas. Das hätten viele Leute gern. Merkwürdig, dass so etwas keinem bei uns zu Hause eingefallen ist.«

Dann zeigte Susanne ihm den Dom. Er bestaunte das mittelalterliche prächtige Triumphkreuz und die große Orgel; dann führte sie ihn in den Chor und zeigte auf das alte hölzerne Gestühl an den Wänden.

»Weißt du, dass wir hier in Lübeck auch für die deutsche

Sprache unseren Beitrag geleistet haben? Du kennst doch den Ausdruck: HALT DIE KLAPPE!! Nun, diesen Ausspruch haben hier die ehrwürdigen Mönche erfunden, wenn sie beim Gottesdienst aufstehen mussten und sie hier direkt an den gemauerten Wand auf den hinteren Klappstühlen saßen.«

Sie zeigte es Richard, indem sie sich auf einen der Chorstühle setzte und sich dann wieder erhob. Mit einem hellen Klack! klappte der Stuhl zurück. Der Hall im halbrunden Chor schallte laut.

»Siehst du, diesen Lärm wollten die Mönche verhindern. Sie wollten den Ablauf des Gottesdienstes nicht unnötig stören. Schon damals galt bei ihnen wie bei den meisten Menschen: Nur nicht auffallen bei der Obrigkeit.«

»Aber die Hexen habe sie trotzdem verbrannt, oder?!«

»Und ob sie immer rein gesungen haben, die Mönche?«

»Ja, wer weiß das schon!«

Also hielten sie einander die Klappe.

»So wird es wohl gewesen sein. Aber nun komm.«

Susanne führte Richard zur Musikhochschule, und dort hinter dem schweren Eichenportal im Hof hörten sie ein Duett von Cello und Klavier. Sie blieben stehen, bis die Musik verklungen war.

»Das war Brahms, oder nicht?« Fragte Richard.

»Ich weiß es nicht. Ich bin nicht so in klassischer Musik bewandert. Ich war meist bei den Jazztagen, und bei der Arbeit dudelt immer ein Radiosender die neuen Schlager und Popmelodien vor sich hin.«

Dann zeigte Susanne noch eine der großen Eigentümlichkeiten der Stadt, nämlich die Gänge:

»Alle Touristen müssen das erleben. Diese kleinen Pfade und Wege ziehen sich durch die gesamte Altstadt, und zwar quer zu den üblichen Straßen. Alles im Schatten der Kontore und

Hinterhäuser. Früher hatten die Bediensteten und Lohnarbeiter in diesen schmalen Pfaden ihre kleinen Häuschen erbaut. Und schau dich um, das alles ist heute meist wunderschön restauriert, sie haben jetzt sogar kleine Gärten voller Rosenstöcke oder auch Pflaumenbäume.«

Richard war entzückt:

»Da kann man also quer durch die ganze Stadt laufen, ohne dass einen jemand auf der Hauptstrasse zu sehen bekommt.«

»Ja, heute sind diese Häuser sehr beliebt, vor allem bei den Studenten der Musikhochschule. Denn hier können sie meist auf ihren Instrumenten üben, ohne dass es einen Nachbarn stört. Viele dieser kleinen Anwesen sind auch als Ferienwohnung für Touristen hergerichtet.«

»Also, wenn ich nächstes Mal wiederkomme, dann möchte ich gern auch in einem solchen Häuslein wohnen.«

Sie gingen durch viele Gänge und kamen dann wieder am Fluss an. Dort gab es ein kleines Cafe mit ein paar Plätzen draußen auf dem gebuckelten Pflaster. Sie setzten sich und Richard trank seinen geliebten Nachmittagstee, für Susanne gab es Capuccino und beide nahmen einen großen Eisbecher.

*

Burckhard schloss nach beendeter Arbeit seinen gläsernen Raum ab und ging zum Einkaufen, das Fahrrad ließ er zunächst am Parkhaus stehen. Er kaufte nicht viel, ein wenig Brot, ein oder zwei Sorten Aufschnitt in den flachen Plastikverpackungen und ein kleine Dose Ananas in Stücken. Dann noch ein Stück Emmentaler, weichen Brie und eine neue Druckflasche Kohlensäure für sein Sodastream- Gerät. Früher hatte er immer einen ganzen Kasten Limonade zu seiner Wohnung schleppen müssen, er wohnte im vierten Stock gleich unterm Dach, aber seit es diese

Sodastreamanlagen gab, brauchte er nur einmal im Monat so eine Druckflasche Kohlensäure und eine kleine Plastikflasche mit Geschmackssirup. Dabei war er nicht sehr wählerisch, mal nahm er den mit Colageschmack, mal Orange, gelegentlich auch Waldmeister, was eben vorn stand; die Hauptsache war ihm, es sprudelte schön, war kühl und nass. Heute trank er bei sich in der Wohnung keinen Alkohol mehr, dafür gab es ja die monatlichen Ausflüge zu Dieter und dessen Destillierapparatur. Früher war es anders gewesen, als er noch auf der Werft gearbeitet hatte. Aber dann war Marlenes Krankheit gekommen und nach ihrem Tod war er für zwei Wochen total versackt, hatte versucht, seine Trauer in Alkohol zu ertränken. Das gelang ihm nicht, aber er wurde entlassen, seine Fehlzeiten waren zu viel und seine Arbeit zu schlampig geworden. Er war dann eine zeitlang arbeitslos und in den Warteschlangen auf dem Arbeitsamt lernte er eine ganze Reihe von Männern kennen, denen es ähnlich wie ihm ergangen waren. Die meisten von ihnen hatten auch tief in die Flasche geschaut, und nach eindringlicher Ermahnung durch seinen Betreuer und mit Hilfe seines alten Hausarztes, der ihm immer wieder mit schweren körperlichen Gebresten drohte, schaffte er es dann doch noch, den Konsum von Korn und Bier auf ein Minimum zu beschränken; heute trank er nur noch selten allein, höchstens im Sommer ein Flasche helles Bier. Heute war ihm ein klarer Kopf viel wert.

Nach einem Jahr hatte er wieder Fuß gefasst und war körperlich wieder gut beisammen; nach dem Neubau des Parkhauses fasste er sich ein Herz und rief den Besitzer einfach mal an, er bekam ein Vorstellungsgespräch und wurde genommen, und weder der Eigentümer noch Burckhard selbst hatten es seitdem bereut, diesen Posten angenommen zu haben. Er war äußerst zuverlässig und gewissenhaft in seiner Arbeit und ging auch noch jede Woche zu seinem Sportverein. Neben seinem geliebten Fahrrad hatte er das Gewichtheben für sich entdeckt und in seinem Sportverein war er ein angesehenes Mitglied geworden; ja, er war jetzt ein richtiger begeisterter Vereinsmeier geworden.

Burckhard klemmte seinen Stoffbeutel mit den Einkäufen auf den Gepäckträger und fuhr zu seiner Sporthalle, heute musste er noch ein Stunde mit der Hantel arbeiten. Er freute sich schon darauf.

*

Susanne zeigte Richard auch all die anderen touristischen Höhepunkte, die ihre Stadt zu bieten hatte. Da waren zum Beispiel die Orte der Nobelpreisträger: das Grass-haus, das Willy-Brandt-Museum, das Buddenbrook-haus mit all den Devotionalien von Thomas und Heinrich Mann. Dann gingen sie hinüber auf den Marktplatz, wo Richard gebührend die geballte Vielfalt der Architektur bestaunte, der gepflasterte Platz, von der Marienkirche überragt, und in der westlichen Ecke stand das kleine bronzene Abbild der Innenstadtinsel. All die vielen Gassen und Gässchen, Plätze und Häuser waren dort abgebildet und von vielen Besucherhänden schon abgegriffen. Richard bewunderte die Klugheit der Stadtväter, ein in sich geschlossenes Stadtgebilde so aufzubauen. Dann führte Susanne ihn zu der Hauptattraktion für Touristen, zu den Verkaufsräumen der Marzipanfabrik Niederegger. Die Vielfalt der Formen und Farben und erst der Geruch! Richard lief das Wasser im Munde zusammen.

»By gosh! Das ist ja unglaublich. Und ich hatte gedacht, dass diese kleinen Brote aus Marzipan das Allerbeste seien. Aber schau doch mal, diese Blumen! Und all die Figuren. Und dann diese Torten, so etwas habe ich noch nie gesehen. Das ist ja wie im Garten Eden!«

Susanne nahm ihn mit in das Restaurant im ersten Stock, dort

setzten sie sich an ein Fenster mit gutem Blick auf die Fußgänger-
strasse und verspeisten eine Marzipantorte.

»Na, ist das nicht viel besser als Fish'n Chips?«

Susanne fühlte sich richtig gut, Richard war ein angenehmer
Gesprächspartner und ein netter Mann, zumal ein alter Freund
von Henry, er zeigte viel Interesse an all dem, was sie tat und
machte und dachte. Richard fand, dass Henry eine sehr gute Wahl
bei seiner Ehefrau getroffen hatte. Er fragte sie direkt, wie sie sich
denn kennengelernt hätten, und Susanne erzählte es gern, denn
sie mochte den langen Engländer, und schließlich kannte der ja
ihren Henry schon so viel länger als sie selbst:

»Unser Kennenlernen, nun, das war eher ein Zufall. So mag
man es nennen, oder aber Schicksal, oder eine freundliche Fee
hatte das eingefädelt. Du weißt ja, dass Henry ein begeisterter
Taucher ist. Und das war mitten im Winter, genauer am Nikolaus-
tag, also am sechsten Dezember. Ich war bei einer Freundin in
Travemünde und wir gingen auf der Promenade spazieren, da
wurden wir angelockt von einem Feuer, das brannte hell am
Strand, dicht neben der langen Mole. Also da war ein Feuer und
darüber hing ein großer Kessel mit rotem Glühwein. Der Tauch-
verein, in dem Henry ja seit langem Mitglied ist, der machte sein
Jahresabschlusstauchen. Da kamen alle Mutigen, die keine Angst
vor der Kälte haben oder die einen Trockentauchanzug besitzen,
an den Strand und tauchen einmal zum Molenkopf und wieder
zurück, und dann gibt es reichlich Glühwein und Räucherfisch-
brötchen. Und wir stellten uns dazu und dann kamen die finste-
ren Gestalten aus dem Wasser. Das sah vielleicht aus, im flackern-
den Feuerschein aus der dunklen See tauchten schwarzgekleidete
Gestalten mit ihren Luftflaschen auf dem Rücken auf. Henry
hatte damals nur einen Nassanzug, also war ihm das kalte Wasser
in den Anzug hineingekrochen und dementsprechend war ihm
kalt, und er legte seine Flasche und Atemgerät und Rettungsweste

in seinen Korb, er war ja immer sehr pingelig mit seiner Ausrüstung; und Georges, der am Ufer den Glühwein überwachte, gab ihm einen großen Becher, und da geschah es: Irgendeiner der anderen Taucher rempelte Henry an und er schüttete den ganzen Glühwein ausgerechnet auf meinen hellen Wintermantel! Und dann kamen die Bemühungen, den wieder sauber zu bekommen. Aber versuch mal, roten heißen Glühwein aus weißer Wolle zu reiben oder gar mit Ostseewasser rauszureiben! Ein unmögliches Unterfangen. Und so kamen Henry und ich uns näher. Er wollte mir unbedingt einen neuen Mantel kaufen, und so stand er am nächsten Tag vor meiner Tür und wir gingen gemeinsam in die Mühlenstrasse und ich suchte mir einen neuen warmen Mantel aus. Dann setzen wir uns zum Italiener und es gab eine Pasta mit Muscheln und wir redeten und redeten und sahen uns tief in die Augen. Und da ist es eben geschehen, da war auf einmal etwas da, nicht nur dieses Kribbeln im Bauch, was man seit der Pubertät kennt, wenn da jemand ist, der einen interessiert, ich meine als Mann interessiert, als Mann und zukünftiger Partner. Das fühlte ich deutlich und, wie Henry mir später erzählte, erging es ihm ähnlich. Und seitdem sind wir zusammen und fühlen uns beide richtig gut in unserem Miteinander.

Nur das mit dem Tauchen, ich weiß, wie viel Henry das bedeutet und ich finde das ja auch unheimlich interessant, aber dass ich selbst so in die Tiefe gehen soll, da hab ich doch ziemlich große Manschetten davor. Henry hat mich ein paar Mal mitgenommen zum Training in die Schwimmhalle, und er hat es auch ein paarmal versucht, mir an der Ostsee die Pressluftflasche auf den Rücken zu heben und mich ins Wasser zu begleiten, aber irgendwie war mir das alles zu unheimlich. Wenn über mir die Luftblasen in die Höhe steigen und es allmählich dunkler wird und du hörst dann nur noch die eigenen Luftzüge und es knirscht so komisch in diesem Automaten, den du im Mund hast und du bekommst zwar Luft so viel du willst, aber dann kommt da so ein Engegefühl und das Wissen, du bist jetzt von dieser Apparatur abhängig! Und dann willst du dir dieses Mundstück einfach rausreißen und losschreien und es geht nicht und du hast ja auch einen Gurt mit viel Bleigewichten an den Hüften, damit du überhaupt unten bleiben kannst und du denkst dann, dass du es bis zur Oberfläche gar nicht schaffen kannst, dein Kopf sagt dir zwar, es sind ja nur ein oder zwei Meter bis nach oben, aber dein Körper meint etwas ganz anderes. Und dann bin ich immer sehr schnell wieder ans Ufer gelaufen, so schnell es mit der ganzen Ausrüstung eben ging. Ein oder zweimal hab ich es noch versucht, aber ehrlich gesagt, ich sitze lieber am Strand und schaue zu, wie sich die Taucher in die See begeben und dann wieder zufrieden an Land kommen und nach dem Tauchgang ihren wohlverdienten Grog schlürfen.«

»Gegen das Grogschlürfen hätte ich auch nichts!« Lachte Richard. »Aber das mit dem Tauchen, auch für mich ist das nichts. Schwimmen ja, und segeln auf jeden Fall. Aber früher, ich erinnere mich noch gut an meinem Großvater, der ja zur See fuhr, früher sagte er, dass die Matrosen auf keinen Fall das Schwimmen lernen wollten. Denn wenn das Schiff untergeht, dann wollten sie nicht so lange leiden müssen und lieber schneller absaufen. So dachte man damals noch, aber das war lange vor dem ersten großen Krieg.«

»Wie gut nur,« entgegnete Susanne, »dass wir uns nach dem letzten Krieg wieder so gut verstehen können. Die Deutschen und die Engländer haben sich ja doch gut zusammengefunden, oder nicht?«

»Aber sicher! Denk nur an Henry und mich. Und soll ich dir was sagen, ich denke auch, wir sind doch aus der gleichen Völkerecke, oder sagt man derselben? Auf jeden Fall haben Deutsche und Engländer ähnliche Wurzeln, und die Queen hat auch deutsche Vorfahren.«

»Ja, einmal ist doch auch ein Deutscher als englischer König auf den Thron gekommen, oder?«

»Und der Prinzgemahl Phillip, der kam ja auch mit deutscher Verwandtschaft an die Seite der Queen, oder irre ich mich da?«

»Aber nein. Da waren deutsche und griechische Vorfahren mit im Spiel, wenn ich nicht irre.«

»Wie gut, dass ihr eine Queen habt. Wir Deutsche hätten auch gern ein solches Herrscherhaus, wenn ich all die bunten Bilder von den gekrönten Häuptern in den Gazetten sehe, beim Frisör natürlich. Ich selbst würde mir ja nie so ein Blatt kaufen.«

»Ich sehe schon, ihr alten Germanen wollt doch wieder die besten Briten sein oder werden, nicht wahr?«

Sie lachten beide und genossen Torte und Kaffee.

*

Onkel Würde erhob seinen Spazierstock und deutete damit auf ein Fenster in dem gelb gestrichenen Mietshaus. Mit leicht erhobener Stimme sprach er zu Burckhard:

»Sagen Sie mir nicht, dass dort dieser Massenmörder gewohnt hat, oder? Das darf doch nicht wahr sein! Ich wohne ja nur um die Ecke, und nichtsahnend wie wir waren, würde ich meinen, dann haben wir ja jahrelang quasi Wand an Wand mit dieser Bestie gewohnt. Wenn das meine Irmi wüsste, die würde ja nicht wieder.«

Burckhard nahm seine Pfeife aus dem Mundwinkel und meinte nur, dass es schon eine ganze Weile her sei, dass dieser Mann dort oben gehaust habe:

»Und außerdem ist der ja schon vor vielen Jahren im Gefängnis verstorben.«

»Wie bitte?!«

Onkel Würde schaute ihn entsetzt an:

»Sagen Sie nichts! Das würde ja auch bedeuten, dass wir als Steuerzahler für sein Begräbnis gesorgt haben würden, wie? Erst bringt der so viele Menschen um und dann müssen wir auch noch seine Beerdigung bezahlen, das würde ich sagen, ist ja fast eine Vergeudung der Steuergelder, oder was würden Sie dazu sagen? Ich für mein Teil würde mir das verbieten. Das sollten die Gefängnisinsassen durch ihre Arbeit im Knast selber aufbringen, zumindest das Geld für die Bestattung, oder? Die müssen doch arbeiten, oder etwa nicht? Ich würde sie auf jeden Fall ordentlich rannehmen. Nicht nur Briefumschläge falten, nein, die sollten wie früher üblich im Straßenbau arbeiten, so was mit Schweiß und Tränen und so. Wer übles tut, der würde es auch immer wieder tun, das liest man doch täglich.«

Burckhard klopfte seine Pfeife aus und steckte sie in die Tasche. Er kannte Onkel Würde schon seit Jahren, liefen sie sich doch fast täglich über den Weg, denn sie wohnten beide hier und kauften auch im gleichen Supermarkt ein.

Burckhard kaufte gern Ananasstücke in Dosen, das mochte er schrecklich gern, und wenn er so vor dem Fernseher saß und seine Abenteuer im Lehnstuhl genoss, er sah gern Filme über fremde Länder und dunkelfarbige Völker, oder Tierfilme, dann hatte er meist ein Schälchen Ananas vor sich stehen und löffelte mit Genuss die süßen Fruchtstücke, wenn auf dem Bildschirm wieder einmal ein Gnu versuchte, vor einem Löwen davon zu galoppieren.

Er verabschiedete sich von Onkel Würde und schob sein Fahrrad an den Kanalpfad, er wollte noch zur Schleuse, oder besser zu der kleinen Gaststätte dort, dem »Kanälchen«. Das hatte seit einer Woche wieder geöffnet und es gab dort frischen Apfelsaft und von der breithüftigen Wirtin Helga selbstgemachte Frikadellen, die aß Burckhard so gern.

*

Susanne saß mit Richard auf der weißgestrichenen Holzbank neben dem Eingang zum Klinikum. Sie hatten Henry besucht.

Als sie in das Krankenhaus hinein gegangen waren, hatte Richard zunächst wie ein Spürhund deutlich geschnüffelt:

»Findest du nicht auch, diese Luft in den Kliniken ist überall gleich, diese unnachahmliche Mischung aus Sterilität, Chlor, dazu etwas Süßliches, dann noch etwas ziemlich Kaltes, darüber wird obendrein noch so ein Duft von Schweiß, Angst und Tränengestülpt, alles mischt sich mit Äther und Chloroform oder Reste vom Mittagessen und kaltem Kaffee, meinst du nicht auch?«

Susanne hatte genickt und gemeint, dass sie das alles fast gar nicht mehr wahrnehmen könne, sie sei schon viel zu oft hier gewesen und es sei für sie alles wie immer und auch die Gerüche fände sie hier ganz normal.

»Normal, normal, was ist schon normal. Bist du etwa normal? Ich finde das nicht. Stell dir doch nur mal eine Frau in deinem Alter vor, die neben der Büroarbeit, die sie nun einmal zum Geldverdienen braucht, nur noch zwischen Wohnung und Klinik hin und her pendeln muss. Was bleibt der denn vom Leben, ich meine vom wirklichen Leben noch? Keine Konzerte, keine großen Feste, keine Reisen nach Spanien oder noch weiter weg. Stets korrekt im Dienst und freundlich im Krankenhaus, den Stationsarzt höflich grüßen und für die Krankenschwestern ein paar Bonbons mitbringen. Und dann das Warten. Das lange Warten in diesen schrecklichen Fluren. Dass endlich etwas geschieht. Dass Henry aufwacht. Oder zumindest aus der tiefen Narkose aufgeweckt wird, damit man sieht, gibt es Schäden im Gehirn oder nicht. Und wenn er dich nun nicht wiedererkennt, was dann? Wenn er zu hause liegen muss, nur noch als Marionette eines Mannes. Eines Ehemannes. Was dann? Und diesen Zustand bezeichnest du als normal?«

Susanne hatte nur geschluckt und die Tür zu der Kleider-
kammer aufgestoßen.

Sie hatten die sterilen grünen dünnen Plastikkittel über-
streifen müssen, den Mundschutz sowie auch die Kopfkappen
übergezogen und dann konnten sie durch das kleine Fenster
auf Henrys Bett in der Intensivstation schauen. Sie sahen aber
nur wenig, denn drei Personen arbeiteten an Henry, und wie
der Stationsarzt ihnen dann später mitteilte, war gerade nach
der Umlagerung Henrys Katheder ausgetauscht worden, die
Anschlüsse für sein Herz und Kreislauffunktionen und andere
elektrische Messdrähte mehr, dazu kamen die Einreibungen mit
Frantzbranntwein. Die Oberschwester schwur darauf, und bislang hatte es auch noch kein Wundliegen bei all den Patienten
in ihrer Abteilung gegeben.

Susanne hatte den erschütterten Richard wieder nach draußen
an die Luft geführt und ihn auf die Bank gesetzt.

»Das hatte ich mir so nicht vorgestellt. Das ist so grausam.
Und alles macht dieses kleine Virus.«

Richard barg seinen Kopf in den Händen und seufzte laut:

»Wie kannst du das nur aushalten?! Das werde ich nie verstehen können. Ich meine, da liegt dein Henry und ist nur wie
eine große Puppe, er muss bewegt werden, er wird gefüttert mit
einer Magensonde, fremde Leute kümmern sich um seinen Körper. Es ist so entsetzlich.«

»Ach weißt du, Richard, das ist doch alles nicht so schlimm.
Ich weiß ja, dass sie alles tun, was möglich ist, was Henry gut tut
und alle hoffen, dass er bald wieder so weit ist und selbstständig
atmen kann und dann, wenn er wieder aus der Tiefennarkose
aufgeweckt werden kann, dann kommt er auf eine normale Station und dann dauert es nur noch ein paar Wochen, dann ist er
wieder bei mir.«

Richard schaute sie bewundernd an:

»Du bist einfach toll! Kein Wunder, dass Henry dich ausgesucht hat und mit dir sein Leben verbringen möchte. Ich hätte das auch gemacht.«

»Du hast also noch keine Frau gefunden?« neckte sie ihn. Er lachte.

»Nein, bisher waren alle nicht so recht zu gebrauchen.«

»Das klingt ja so wie die Angebote im Supermarkt, für dich sind Frauen also nur Gebrauchswaren, oder?«

Richard wehrte ab.

»Aber nein, vielleicht kann ich mich nur nicht so richtig auf deutsch ausdrücken. Ich hatte einfach noch nicht solch ein Glück wie dein Henry oder du. Denn ich weiß, dass Henry dich unendlich liebt.«

Susanne schaute auf die Büsche und den schimmernden Weiher dahinter. Sie stieß einen kleinen Seufzer aus und meinte dann:

»Das ist es ja gerade. Wir beide sind für einander geschaffen. Das hat alles seine Richtigkeit. Und so ganz von innen heraus weiß ich ja auch, dass Henry wieder aufwachen wird und dann werden wir unser altes Leben weiterführen können.«

»Bist du dir sicher? Euer altes Leben ist doch erheblich verändert worden durch diesen Virus, oder nicht?!«

»Na schön. Wir werden so wie jetzt eben intensiver leben. Wir können vieles jetzt schon sehr viel deutlicher sehen und spüren. Wir genießen so manches ganz anders, es ist eben nicht alles mehr so selbstverständlich wie früher. Und die Sache mit der Gesundheit ist viel wichtiger geworden, und damit auch dieser Klimaschutz und all das. Sogar mein Einkaufen hat sich schon verändert. Ich schaue nicht mehr nur auf den Preis wie früher noch, sondern jetzt will ich weniger Plastik und mehr natürlich Gewachsenes. Ich achte mehr auf heimisches Gemüse. Ich esse weniger Fleisch. Ich kaufe weniger Konserven aus fremden Ländern. Oder bei den Blumen, die ich so mag. Seit ich weiß, dass viele der Schnittblumen im Flugzeug aus Afrika zu uns gebracht werden, mag ich auch da lieber unsere heimischen Blüten. Ich fahre zur Gärtnerei und suche dort gezielt, was die dort selbst angebaut haben. Das macht mehr Spaß und ich denke dann beim Einpflanzen im Garten, ich mache etwas Sinnvolles.«

Richard hatte sich eine Pfeife gestopft und sie angezündet. Er setzte sich nachdenklich zurück und schaute über das Klinikgelände, dann legte er seine Hand auf Susannes Schulter:

»Ich weiß was du meinst. Etwas Sinnvolles tun. An so etwas habe ich damals auch gedacht. In unserer Wohngemeinschaft, das war mitten im November, es war kalt und nass, da feierte die Frederike ihr Examen, und alle Räume waren voller Leute, alle lachten und sangen und tranken, und da fingen auf einmal die Wehen bei der schwangeren Helga an. Alle stürzten sich sofort auf sie und ihr Mann, der Werner, der wusste nicht so recht, was tun, und hielt ihre Hand und sagte immer wieder: Nun doch nicht jetzt, mein Liebling! Es wird schon werden, es ist ja viel zu früh, das Kind kommt doch erst in zwei Wochen. Aber das Kind wollte ihn nicht erhören und quälte Helga und sie lag da am Boden und die Gäste beugten sich über sie, da schritt Henry ein. Er warf alle mit Hilfe von Frederike aus dem Zimmer und schickte Werner los, er musste zum alten Kalli laufen, unserer Stammkneipe gegenüber in der Strasse. Der hatte ein Telefon. Damals gab es noch kein Handys, und Werner rief vom alten Kalli beim Roten Kreuz an, und dann kamen die mit einem Wagen und Tatütata, und die Sanitäter in voller Montur keuchten, als sie die vier Stockwerke hochgelaufen waren, und dann organisierte Henry den Abtransport.

Sie legten die Helga auf eine klappbare Trage und dann ging es das enge Treppenhaus hinunter, das war nicht so einfach, und Henry half ihnen bei den Ecken und trieb die neugierigen Hausbewohner zurück in ihre Wohnungen, damit die Sanitäter auch vorbei kommen konnten, und dann hinein in den Krankenwagen und mit Sirene ab in die Klinik, und am nächsten Morgen war die gesunde Tochter von Werner und Helga da und es gab ein neues Fest.

Alles war gut, weil Henry alles so gut organisiert hatte, weil er das Sinnvolle getan hatte. Das hat mir sehr imponiert, und noch heute ist er für mich ein Vorbild. Immer, wenn es um schwierige Sachen geht, dann überlege ich, was würde Henry wohl jetzt machen, und dann fällt mir oft eine neue Lösung ein, an die ich so nicht gedacht hatte. So hilft er mir bis heute. Ach ja, der gute alte Henry!«

»Rede nicht so, du sagst dass so, als ob er schon tot wäre.«
Richard nahm die Pfeife aus dem Mund.

»Schau doch nur, zur Zeit ist er doch in solch einem Zustand, als ob er so gut wie tot wäre. Er ist vollkommen abhängig von all diesen technischen Geräten und der Hilfe der Ärzte und Schwestern, er ist schlimmer dran als wenn er ein kleines Kind wäre. Weil sein Geist eben nicht mehr da ist. Er ist sozusagen im Tiefschlaf, oder?«

Susanne kamen die Tränen.

»Du hast ja recht. Aber ich hoffe immer noch, dass er bald aufwacht und dann wieder der Alte sein wird. Wir haben noch so viele Dinge zu tun.«

Richard nickte ein paar Mal und schaute über den Rasen und die Bäume.

»Weißt du, dieses Zusammenwirken von dem, was wir wollen und gern hätten, und dem, was vernünftig ist, also unsere Wünsche und dann die Wirklichkeit, das zu verbinden zu einem richtigen Tun, zu einem vernünftigen Handeln, dafür waren wir Briten ja lange Jahrhunderte bekannt oder berüchtigt, so sagt man. Aber nun muss die ganze Welt vernünftig werden oder besser noch vernünftig sein. Aber das hat seinen Preis, und den will nicht jeder zahlen. Verstehst du, was ich meine, manchem von uns, auch manchem Volk als ganzem, dem ergeht es so wie Henry im Augenblick: Völlig hilflos, angewiesen auf Hilfe von außen, völlig unselbständig. Wie wir alle als Kinder waren, oder als Kleinkinder. Da mussten auch andere unsere Windeln wechseln und uns füttern. Und so viel weiter sind wir doch auch heute noch nicht. Überall auf der Welt müssen andere für uns die Arbeit machen, unser Essen kochen, davor die Felder bereiten, das Aussäen und Ernten, das Zubereiten der Nahrungsmittel, die Tiere aufziehen, füttern und dann schlachten, die Häuser entwerfen, bauen und einrichten. Das alles machen doch meist andere für uns, genau so wie wir auch für andere Menschen da sind und für die etwas tun, ein Hin und Her, ein Geben und Nehmen, und alle machen das in der Hoffnung, dass der andere es genau so gut machen möchte wie man selbst.«

»Ein Vertrauen auf den anderen haben. Ein selbstverständliches Hoffen auf dessen Fähigkeiten. Und dass er es gut meint und auch gut macht.«

»Genau. Wir erwarten, dass der Bäcker nicht in den Teig kotzt, auch am Montagmorgen nicht, dass der Koch im Restaurant nicht die Suppe versalzt und der Polizist an der Ampel den Verkehr fließend regelt und nicht alle Ampeln auf Rot stellt. Dass die Züge meist pünktlich abfahren können, dass der Bauer nicht zu viel Gift auf sein Gemüse spritzt und der Arzt die richtige Diagnose stellt. Dass der Schneider die Hose nicht zu kurz und den Ärmel nicht zu lang schneidert. Dass der Lehrer den Kindern keinen Unsinn beibringt und der Skifahrer ohne Knochenbruch im Tal landet.«

Beide schauten sich an und Susanne lachte und fuhr sich durch ihre Locken:

»Du bist ja fast ein Philosoph, Richard.«

Der zog an seiner Pfeife und meinte dann, dass er so erschüttert sei von Henrys Zustand, dass er spüre, wie in ihm selbst etwas ins Wanken gekommen war und er noch nicht genau wisse, wie er nun mit sich selbst umgehen solle oder gar müsse.

*

Es war ein Montag am Nachmittag, im Parkhaus war nur ein durchschnittlicher Betrieb gewesen, viele kamen ja nur wegen der Einkäufe in die Stadt, und in dieser Jahreszeit gab es den meisten Zulauf in den Geschäften am Donnerstag. Denn da gab es neue Waren und die fürs Wochenende ermäßigten Getränke und Nahrungsmittel wurden in den Läden und auf dem Wochenmarkt angeboten.

Burckhard hatte gerade neue Papierrollen in den Parkscheinautomaten im Foyer eingelegt und kontrolliert, ob auch alles gut funktionierte. Er ging in sein Kabuff und schaute sich um, es roch auf einmal so merkwürdig. Er schloss die Tür ab und ging langsam schnüffelnd durch das Parkhaus.

Auf der ersten Rotunde sah er aus der eisernen Tür, die als Notausgang für die Pizzeria nebenan dienen sollte, so etwas wie grauen Rauch oder Qualm durch die Schlitze dringen. Der Geruch wurde intensiver. Er suchte den Notschlüssel für diese Tür an seinem großen Schlüsselbund, und als er die Tür öffnete, schlugen ihm schon die Flammen entgegen. Ein Brand in der Pizzeria! Und keiner da. Heute hatten die ja Ruhetag, weil sie jeden Montag das Restaurant geschlossen hielten. Dann mussten sie üblicherweise gründlich reinigen und neue Ware einkaufen fahren.

Er tastete sich durch den dichter werdenden Qualm hin zum Küchendurchgang, dort hing immer ein Feuerlöscher, wie er ja von den vielen Besuchen in der Pizzeria wusste. Burckhard nahm den Löscher aus seiner Verankerung und schritt mit diesem vorsichtig in das Lokal hinein. Er wollte ja Flammen löschen. Und richtig, alles brannte, die bunten Dekorationen aus Pappe und Plastik ebenso wie die Tischtücher, die Polsterungen des Gestühls.

Wie die Beamten der Polizei und Feuerwehr später ermitteln konnten, war hinter dem Tresen an den Schaltern der Gefrieranlage ein Kurzschluss entstanden, der hatte auf die daneben liegenden Stapel von Papierservietten übergegriffen, von dort aus war das Feuer dann über die hölzernen Weingestelle auf die Dekoration gesprungen und hatte dann rasch das gesamte Lokal in Brand gesetzt.

Burckhard richtet den schwarzen Gummischlauch des Feuerlöschers mit der Düse auf die nächstliegenden Flammen und drückte den roten Hebel: der weiße Schaum sprühte stark und schnell aus dem Gerät und löschte rasch in seinem Umfeld alle lodernden Flammen. Aber da war noch der weitläufige übrige Rest der Pizzeria, und da hinten gab es die Treppe nach oben. Burckhard drehte sich um sich selbst und schuf einen flammenfreien Raum, dann zog er sein Handy und rief die 112. Die Feuerwehr versprach, gleich dort zu sein.

Burckhard wollte den Weg zur Eingangstür freilöschen, als er von oben etwas hörte, ein Wimmern oder leises Schreien.

Der Toni! Der kleine Sohn der Pächter!

Burckhard kannte ihn gut; Toni kam immer wieder einmal zu ihm ins Parkhaus und sie spielten in seinem gläsernen Verschlag mit kleinen Autos oder einem Plastikzoo, und gelegentlich kam dann Tonis Mutter herüber und brachte zwei Flaschen, eine Limonade für ihren Sohn und ein kleines Bier für Burckhard. Über dem Lokal war die Wohnung der Pächter, diese waren weggefahren, und oben schlief der kleine Sohn Toni.

Der Feuerlöscher war leer, es kam kein rettender Schaum mehr. Burckhard bahnte sich einen Weg zur Treppe und lief nach oben.

Dort suchte er den kleinen Toni. Dieser stand in seinem Gitterbettchen und weinte vor sich hin. Er hatte vom Feuer noch nichts mitbekommen, er rief nach seiner Mutter. Burckhard nahm ihn auf den Arm, redete beruhigend auf in ein und lief dann zurück zur Treppe. Noch hatten sich die Flammen nicht bis zur oberen Stufe gefressen, da hörte Burckhard unten ein Krachen. Die Feuerwehr war angekommen und hatte die Eingangstür aufgebrochen. Und schon ertönte das beruhigende Geräusch laufenden Wassers, das auf und in die lodernden Flammen zischte.

Burckhard tappte durch den Rauch und Qualm die Stufen herunter und rief und winkte den Feuerwehrmännern zu. Sofort richtete sich ein Schlauch auf ihn und er und Toni wurden in schützendes Wasser eingehüllt; so konnten sie ohne größere Verbrennungen die Ausgangstür erreichen. Dort nahmen sie Sanitäter und Feuerwehrleute in Empfang und zogen beide auf die Straße.

Ein Blitzlichtgewitter der Reporter, und da surrte auch eine Kamera vom Regionalfernsehen. Ein Behelmter nahm Toni aus seinen Armen und trug ihn zu einem Notarztwagen, dort wurde er getrocknet und untersucht. der Junge war ganz still, er wusste gar nicht, was mit ihm geschah, er schaute nur wie ungläubig alles und alle mit großen erstaunten Augen an. Auch Burckhard wurde von einem der Sanitäter untersucht. Es hätte ja auch eine Rauchvergiftung bestehen können, aber zum Glück waren er und auch Toni frei davon geblieben. Während die Löscharbeiten weiter gingen, befragte ein Reporter vom Lokalblatt Burckhard, wie er das Feuer entdeckt habe und wie er den kleinen Jungen habe dann retten können.

Am nächsten Tag konnte die ganze Stadt in der Zeitung lesen, was sie für einen Helden des Alltags in ihren Mauern hatten und dass es dem Toni recht gut ergehe. Die überraschten Eltern, die nachmittags vom Großmarkt zurückgekommen waren, zeigten neben Tränen der Freude über die Rettung ihres Sohnes auch Tränen der Trauer über den Verlust der Pizzeria. Zwar würde die Versicherung den Schaden bezahlen, aber allein der Verlust an Einnahmen für die Zeit bis zu einer Wiedereröffnung war nur schwer zu ertragen. Und Tonis Mutter beklagte den Verlust all ihrer Fotos aus der Heimat, von ihren Eltern und Geschwistern, die an der Wand hinter der Theke an einem großen Brett festgepinnt waren.

*

Onkel Würde war in seinem Element. Das gefiel ihm, er als oberster Leiter und Organisator, der alles unter Kontrolle hatte und nur er bestimmte, was wo wie und wer. Das gefiel ihm gut. Ganz besonders, weil auch seine Frau Tante Irmi seinen Anordnungen jetzt folgen musste.

Sobald er davon erfahren hatte, dass Susanne ihren lang ersehnten Besuch aus England bekommen hatte, begann er mit der Planung.

Man würde doch erwarten, dass so ein Ausländer die wirklich wichtigen Stätten unserer Stadt sehen musste. Einfach schon der Bildung wegen, nicht nur seiner, sondern damit wir auch zeigen, dass wir welche haben. Ein Muss ist doch neben dem Buddenbrookhaus sicher das Burgtor, allein schon wegen Ida Boy-Ed, davon hat er sicher keine Ahnung, und für die Stadtgeschichte ist das doch äußerst wichtig. Und dann die Apothekerliste, ich muss sie gleich noch einmal fotokopieren, dann würde ich sie dem Anglosachsen quasi als Gastgeschenk überreichen können.

Onkel Würde meinte die handgeschriebene Liste, die beim Apotheker der Löwenapotheke verwahrt wurde, auf der hatte dessen Urgroßmutter alle fiktiven Personen, die in Thomas Manns Buddenbrooks vorkamen, mit ihren wirklichen Namen aufgelistet. Diese berüchtigte Liste war damals in vielerlei Kopien durch die betuchten Salons der Stadt gereicht worden. Und Onkel Würde hatte sie einmal beim Apotheker einsehen dürfen, denn dessen Vorfahren waren ebenfalls in dem Roman verewigt worden. Und manche, wie Onkel Würde mit Behagen erzählen würde, manche waren sehr ungehalten darüber, dass sie eben gerade nicht in dem nobelpreiswürdigen Buch aufgeschrieben worden waren.

»Ich würde meinen, das ist ganz so, als ob heutzutage ein herausgeputzter Politiker in einer Talkrunde im Fernsehen nicht zu Wort kommt und wegen einer schönen Sängerin oder eines Unterschichtlottogewinners eben nicht befragt würde und nun in seinem Drehsessel sitzt und schmollt.«

Onkel Würde war sehr enttäuscht, dass Susanne ihren Gast nicht beim Nachmittagstee mit Heidesand und Marzipantorte der Familie vorführte und schon von vielem erzählte, was sie Richard alles gezeigt hatte.

»Aber,« Onkel Würde erhob sogar seinen etwas gichtigen Zeigefinger, »ich habe da eine vortreffliche Idee: unser englischer Gast ist doch auch ein Sohn der See und liebt das Wasser. Wie würde es sich bei euch anfühlen, wenn wir alle einen Familienausflug nach Hermannshöhe unternehmen. Da würden wir dann schön aufs Wasser schauen und die Boote sehen können, würden eine Kleinigkeit zu uns nehmen und dann würde Richard auch mal sehen können, dass auch wir hier solche hohen weiße Felsen haben, fast so wie die white cliffs of dover.«

Alle stimmten zu, was blieb ihnen auch übrig.«

Susanne war froh, dass es keine unliebsamen Überraschungen innerhalb der Familie gegeben hatte. Man wusste ja nie, wie gerade die Stimmung so war, ob Tante Irmi sich nicht wieder mit Gottfried in den Haaren liegen würde, oder musste, da ging es immer noch um gewisse Bestimmungen des Testaments der Oma, der gemeinsamen Mutter vom Onkel Würde und Gottfried. Tante Irmi hatte seinerzeit dafür gesorgt, dass augenscheinlich der größte Teil des Erbes an Onkel Würde fallen musste.

»So wie es sich gehört!«

Sagte sie immer, »Er ist und bleibt schließlich der Älteste und er war auch der Liebling von Oma.«

Susanne hatte da so ihre Zweifel, aber sie hielt sich aus diesen Erbstreitigkeiten heraus und war sich letztlich auch nicht sicher, ob Onkel Würde von all den Nicklichkeiten seiner Frau dem Gottfried gegenüber überhaupt etwas wusste oder nur ein wenig ahnte. Sie trank lieber in Ruhe ihren Tee oder tunkte den Sandkuchen hinein.

In zwei Autos fuhren sie also am Nachmittag hinaus an die See zu den hohen weißen Klippen, auf denen das renovierte Restaurant Hermannshöhe einen weiten Blick über die Bucht bot. Sie standen lange Zeit am Rande der mit dem rotweißem Bande abgesperrten Klippe, und Onkel Würde zeigte mit seinem Eschenholzstock auf die Abbrüche:

»Dort hinten, würde ich meinen, da hat diesen Winter erst der Sturm einen gehörigen Batzen Land abgebrochen. Früher war hier noch eine Liegewiese und es gab einen Grill und einen schönen Wanderweg von Travemünde, aber nun seht ihr ja selbst. Ich würde meinen, seit den letzten Wanderungen hier ist das Ufer schon etwa zehn Meter weggebrochen. Und diese Abbruchkante ist nicht ungefährlich. Ich würde sagen, dass jedes Jahr ein paar unvorsichtige Urlauber hier herunterfallen. Und da unten, wenn man unten am Wasser den schmalen Streifen entlanggeht, muss man über abgefallene Bäume klettern oder um das Gestrüpp herum ins Wasser. Das, würde ich sagen, ist etwas für Abenteurer, also für mehr junge Leute. So wie ihr seid. Also hoch die Tassen, lasst euch den Kuchen schmecken und stärkt euch für die Rückfahrt.«

Sie suchten sich innen am Buffet ihre Kuchenstücke aus, setzten sich auf die überdachten Holzbänke und genossen oral und visuell die Möglichkeiten der Lokalität, so jedenfalls sagte es Onkel Würde. Nachdem er seinen Teller mit Kirschtorte leer gegessen hatte, erhob er seine Stimme und mit festem Blick auf Richard setzte er an und sprach:

»So würde ich denn auch dich als Sohn Albions herzlich begrüßen und möchte dir die Geschichte erzählen. Das, was du hier sehen kannst, den kargen Rest, das war einstmals der Besitz derer von Bargwitz, also unseren Vorfahren. Damals reichte unser Land bis dort in das Wasser hinein, wo du jetzt die roten Bojen sehen kannst. So weit haben Sturm und Meer bislang an der Küstenlinie geknabbert. Ich würde sagen, etwa zweihundert Morgen Land hat es uns weggefressen. Und Jahr für Jahr geht es weiter so und der Staat tut nichts. Du kannst also sehen, wir sind Opfer der Natur geworden, ansonsten würde dich Susanne hier auf weiten Fluren herumführen können. Aber nun, und das kam nicht nur wegen des verlorenen Krieges, würde ich so sagen, nun sind wir nicht mehr die großen reichen Grundbesitzer, die wogende See hat uns das Land geraubt. Und den Rest, den bisherigen, den haben wir damals verkaufen müssen, also mein Großvater hat ihn verkauft, hier an den Wirt von Hermannshöhe. Und der Name Hermann kommt von meinem Urgroßvater, der war der Hermann, nach dem auch heute noch dieses Lokal benannt ist. Also würde ich sagen, wir alle bewegen uns auf historischem Boden, der ehemals der unsere gewesen ist. Aber wir wollen nicht zu lange trauern, denn wer weiß, so brauchen wir uns um die heutigen Stürme keine Sorgen zu machen, unsere Behausungen in der Stadt stehen sicher, solange kein Krieg kommt.«

Richard war sichtlich beeindruckt und erwiderte:

»Wisst ihr, bei uns in England ist ja nur ein wenig Schaden angerichtet worden, vor allem die Fliegerbomben im Süden, in

Coventry und London, aber sonst, sonst sind eben alle Häuser und Strassen noch so wie vor hundert Jahren oder gar älter. Und jetzt sind die Häuser zu klein und die Wege zu eng, da kann man mitunter nur allein fahren, da passt eben nur ein Leiterwagen mit Pferd durch. Wenn heute sich auf den kleinen Sträßchen zwischen den Orten in Cornwall oder Lancaster zwei Autos begegnen, dann kommt es oft vor, dass einer von den beiden zurück fahren muss, weil keine zwei Wagen nebeneinander Platz haben. So schmal sind die Wege. Natürlich gibt es jetzt auch bei uns die breiten Autobahnen und großen Parkplätze, aber selbst in London findest man nichts, wo man sein Auto abstellen kann, die Garagen sind meist unterirdisch oder am Rande der Stadt. Aber ich denke, das ist bei uns wie hier bei euch auch, auf dem Lande ist es anders als in den Städten. In der Stadt selbst sind die Strassen oft so schmal wie hier bei euch diese Gänge. Das finden die Touristen natürlich schön und fotografieren diese Dinge oft. Old fashioned eben. Aber zum Leben, für den Alltag, da geben diese pittoresken Sehenswürdigkeiten oft nichts her, da machen sie allerlei Beschwerden. Zum Beispiel sind bei uns wie überall in Europa die Lastwagen immer größer und breiter geworden, da kommen die manchmal gar nicht mehr durch die Tore oder die Straßen. Sie müssen dann am Stadtrand umgeladen werden auf kleinere Autos. Und daher sind die allermeisten der Supermärkte auch draußen auf der Wiese gebaut, das heißt, jetzt werden die Städte ja immer größer und da sind die supergroßen Einkaufshallen oft schon bald mitten in den neuen Stadtteilen. Auf dem Lande kommen die Leute ja sowieso mit dem Auto, laden dann ihren Wagen voll für eine Woche und fahren dann wieder. Es ist bei uns so Sitte, dass man den Wocheneinkauf am Freitag macht, das Wochenende ist dann dem Ausruhen und dem Garten gewidmet.«

»Das ist ja geradeso wie bei uns auch,« meinte Onkel Würde. »Ich würde meinen, dass wir uns gar nicht so sehr unterscheiden.

Wir haben alle das gleiche Gefühl für Heimat und Schönheit und wollen alle nur in Frieden leben, oder?« »Und dann gibt es auch im Essen nur wenig Unterschiede, wir mögen doch alle Fisch und Fleisch und Tomaten und Gurken, oder?«

Alle lachten und Susanne fragte scheinheilig, ob sie dann auch die Vorliebe für Porridge teilen müssten oder Gintonic.

Tante Irmi war für Gintonic wohl zu haben, und Onkel Würde meinte, er würde so etwas wie Porridge wohl probieren, aber es käme ihm auf den Geschmack an, da er so ein Gericht nicht kenne, könne er wohl auch nichts darüber bemerken, ob es ihm nun schmecken würde oder eher nicht.

Richard lachte und meinte, es sei wohl eine Legende bei den Deutschen wie bei vielen anderen Ausländern auch, dass Engländer am liebsten Porridge essen würden. Er selbst möge so etwas überhaupt nicht, allenfalls in Schottland, wo man es Haggis nennt und mit etwas Whiskey serviert, da könne man das notfalls herunterwürgen, er selbst hätte schon seit Kindertagen so etwas nie wieder essen mögen. Viel lieber sei ihm ein anderes englisches Gericht, nämlich Lammbraten mit Minzsauce, da könne er sich förmlich hineinsetzen.

»Lamm mit Pfefferminze?« Tante Irmi schauderte es.

»Oder Schweinebraten, schön kross, mit Apfelkraut..«

»Und dann Klöße dazu, am besten Thüringer.«

»Oder Rostbratwürstchen.«

»Und gefüllte Ente mit Rotkohl!«

Wie so häufig nach dem Essen kamen bei satten Menschen vielerlei Ideen über Lebensmittelzubereitungen, Kochrezepte, allerlei Vorlieben von Haupt- und Nebengängen, Nachtischen, Suppen (Tante Irmi mochte dicke Erbsensuppe mit Stippe am liebsten) und es stellte sich heraus, dass die Unterschiede eher zwischen Männern und Frauen größer waren als zwischen den Nationalitäten.

Männer mochten es ,wenn sie so richtig etwas zum zerbeißen zwischen den Zähnen hatten, wenn sie Knochen abnagen konnten oder fest in ein großes Stück Fleisch hinbeißen durften. Zumindest diejenigen, die noch kein Gebiss trugen, die also noch in Saft und Kraft standen; in voller Blüte, wie man so sagt.

»Da kommt doch der alte Neandertaler wieder zum Vorschein.« rief Onkel Würde. »Ich würde sagen wollen, dass nur ein ganz schmaler Grat von Zivilisation darüber getüncht würde. Das würde ja auch erklären, wieso Männer so leicht aus der Fassung zu bringen sind und ihre Energie in Aggressivität umschlagen lassen können. Das kann man doch bei jedem Spiel im Stadion erleben. Ich würde sogar so weit gehen und meinen, dass man an der Geschichte festmachen kann. Im Laufe der Entwicklung schwanken doch immer wieder die Friedfertigen und die Wutbereiten als Anführer in fast allen Völkern. Mitunter gibt es erst den wütenden Angreifer, und wen der erreicht hat, was er wollte, dann, würde ich sagen, dann kann er auch getrost wieder zu einem mildtätigen Herrscher werden. Schon Karl der Große ....«

»Ach lass uns doch mit dem alten Zeug in Ruhe!«

Tante Irmi stellte sich auf einmal quer, es reichte ihr. Sie wusste ja aus langjähriger Erfahrung, wenn Onkel Würde erst einmal mit Karl dem Großen anfing, dann kam ein langwieriger Vortrag, und den hatte sie nun schon so häufig hören müssen, heute wollte sie lieber etwas von den anderen erfahren und unterbrach daher ihren Mann ziemlich unwirsch und wandte sich Richard zu. Es war schließlich nicht alltäglich, dass sie mit einem Engländer auf deutsch reden konnte, noch dazu mit einem, der so ausgesprochen nett und höflich mit ihr umging, das konnte die Tante sichtlich genießen. Davon wollte sie doch sehr viel mehr bekommen. In ihrer Jugendzeit und während der Ausbildung hatte sie die Komplimente der jungen Herren genießen können; man machte ihr nur zu gern den Hof, denn die Stellung ihres Vaters versprach einem Eheanwärter doch eine recht hohe Mitgift und auch das Ansehen ihres zukünftigen Mannes würde innerhalb der Stadtgesellschaft durch eine Heirat mit ihr deutlich ansteigen.

Die Frauen waren zu ihrer Zeit noch nicht so emanzipiert wie die heute, zumindest erschien es ihr so, obwohl sie bei genauerem Hinsehen doch einräumen musste, dass auch heutzutage die meisten Männer immer noch das Sagen haben wollten oder zumindest sich bemühten, den Frauen nicht zu viel Macht einzuräumen.

*

Mit einem Gefühl von satter Zufriedenheit stand die kleine Gruppe dann am Pfad und schaute über die Ostsee hinüber bis nach Mecklenburg. Sie bemerkten die Segelschiffe und die kleinen meist weißen Motorboote, und ganz vorn, dicht an den Klippen, die in der Sonne weiß aufblinkten, fuhr ein Schlauchboot der DLRG ganz gemächlich und ohne hektischen Druck.

Gottfried zeigte mit dem Arm auf das rotgelbe Boot und packte Onkel Würde am Arm:

»Weißt du noch? Solch ein Boot war das damals auch gewesen.«

»Was für ein Boot, und wo und was war da?«

»Du kannst dich doch sicher noch erinnern, es war auf einer Klassenfahrt nach Worpswede, wir schliefen in dieser etwas modrig riechenden Jugendherberge in einem Saal.«

»Ja, und der Gunter hatte sogar seine Pantoffeln mitgenommen. Seine Mutter hatte darauf bestanden, wie er sagte, er dürfe sich nicht erkälten.«

»Was haben wir den armen Kerl damit aufgezogen. Und dann die Sache mit der Schüssel!«

»Mit welcher Schüssel? Ich kann mich nicht erinnern.«
Onkel Würde zog seine Stirne kraus und grübelte.

»Das war doch ein Hauptspaß für uns alle. Gunter ließ sich abends immer viel Zeit beim Zähneputzen im Bad, und da haben wir seine mittlere Matratze weggenommen und statt dessen eine volle Schüssel Wasser in sein Bett gestellt. Dann das Laken wieder straff darübergezogen und dann, als Gunter sich in sein Bett legen wollte, da scheppterte es gewaltig und sein ganzer Hintern war nass.«

»Ach das!« Onkel Würde grinste breit:

»Jetzt erinnere ich mich. Das war ein Heidenspaß. Wir waren aber auch richtige Strolche, was?!«

»Am nächsten Tag hat er zuerst noch geschmollt, aber bis zum Mittagessen war er wieder gut.«

»Und es regnete und wir konnten nicht nach draußen. Herr Bilke ließ uns aber im Speisesaal spielen.«

»Richtig. Wir durften sogar sonst verbotene Kartenspiele spielen.«

»Ja richtig. Mau-Mau. Und Skat, und einige haben auch Doppelkopf gespielt.«

»Alles mit des Teufels Gebetbuch, wie Herr Bilke immer wieder sagte.«

»Dann klarte es auf. Und wir stromerten im Gelände herum.«

»Alles war kühl und nass, es regnete aber immer wieder, und das Moor zeigte sich von seiner ungemütlichen Seite. Wenn man da hineintrat, dann quatschte es so laut und schmatzte richtig. Die weiten Felder waren durch den tagelang fallenden Regen und die steigenden Fluten der Flüsse überflutet.«

»Und wenn man auf dem Deich der Herberge stand, sah man nur noch Wasser.« »Es war wie am Meer, nur dass da die Hecken und Bäume aus dem graublauen Nass hervorragten.«

»Und wir erkundeten alles. Der Dieter fand eine offene Schuppentür.«

»Richtig. Und darin fanden wir ein gelbes Schlauchboot, das gehörte wohl dem Herbergsvater, der war bei der freiwilligen Feuerwehr, wie er immer wieder betonte.«

»Wir zogen es ins Freie und säuberten es notdürftig und dann begann unsere große Fahrt, quer über das Moor und die Felder.«

»Du hattest sogar deine Mundharmonika mitgenommen, wir sangen das Lied von den Männern mit Bärten und kamen uns wie die Freibeuter vor.«

Onkel Würde rieb sich den Bauch und schaute wie in weite Ferne:

»Der Gunter war mit und Dieter und Hugo, wir hatten abgebrochene Äste als Paddel und Dieter hatte sogar eine Tüte mit Brötchen und den Frikandellen vom Vortag aus der Küche mitgenommen, Hugo hatte an Trinkbares gedacht und beim Laden an der Ecke ein paar Dosen Bier gekauft. Es war ein klarer Tag, nicht sonnig, der Himmel war immer noch grau, aber es blieb trocken.« »Zumindest von oben kam kein Nass mehr. «

»Dafür wurde es aber dann ungemütlich, als wir mitten über den Feldern waren und das Boot über einen Stacheldrahtzaun schrammte, da muss es wohl einen kleinen oder auch größeren Riss bekommen haben und dann ging allmählich die Luft aus den dicken gelben Schläuchen.«

»Und Hugo jammerte, dass seine neue Hose beschädigt werden könnte.«

»Wir paddelten wie besessen, um schnell zurück zum Deich zu kommen, aber leider versank das Schlauchboot dann gerade, als wir über dem Flüsschen waren. Wir standen alle bis zu den Bäuchen im Wasser und mussten sogar eine kurze Strecke weit schwimmen, ehe wir dann den Deich erreichen konnten.«

»Wir waren wie nasse Katzen und schüttelten uns, und Hugo jammerte über seine derangierte Hose.«

»Trotzdem standen wir ziemlich fröhlich auf dem Deich,

tranken das Bier aus und fühlten uns wie die Wikinger. Das war vielleicht ein Abenteuer.«

»Dann liefen wir schnell in die Herberge und zogen uns trockene Sachen an.«

»Richtig, wir wollten uns nicht erkälten, denn am nächsten Tag war ein Fest mit Tanz angesetzt in einem der Lokale und da sollten auch die Mädchen von der örtlichen Dorfschule hinkommen. Da durften wir doch nicht husten oder mit laufender Nase erscheinen.«

»Jaja, das Tanzfest. Es war viel besser als in der Tanzschule gewesen, denn die Mädchen aus dem Ort waren für alle Jungen ganz neu, eine neue Erfahrung, unbelastet mit den alltäglichen Dingen, die eben die Mädels in ihrem Heimatort schon kannten; es war ein unbelastetes Treffen, ohne altbekannte Vorurteile oder alte oft erzählte Geschichten; ein örtlicher Disc-jockey legte Platten auf, er dimmte das Saallicht bei den langsamen Musiktiteln, er wusste ja genau, was die Jungen und Mädchen auf der Tanzfläche gern mochten. Untereinander nannten sie es »Schmusetänzchen«, sie beredeten es mit einem mokanten Lächeln in den Mundwinkeln, aber insgeheim hofften sie doch alle, dass sie selbst mit einem geneigten weiblichen Wesen so ganz eng umschlungen sich im Rhythmus hin und her wiegen konnten und wer weiß, vielleicht konnte man dann auch, während die Musik noch lief, aus dem Saal schleichen in die Dunkelheit und hinter der Halle oder weiter weg nicht nur Händchen halten.«

Der Plattenaufleger war ja kaum älter als die Schüler, die sich dann möglichst eng umklammert hielten, und auch Onkel Würde hatte seine Lieblingspartnerin gefunden. Die hatte braune kurze Haare und hieß Birthe, und sie roch so gut, nach Mädchen, nach einer herben Seife, nach Sommer und Haut und mehr. Und er fühlte es, auch sie wollte mehr von ihm. Damals war er das erste

Mal so richtig verliebt gewesen, aber leider sah er die Birthe nach diesem einen Abend niemals wieder.

Onkel Würde schaute versonnen über die blaue See. Gottfried sah zu Richard hin, der mit Susanne am Rande der Klippen stand und mit weiten Gesten auf irgendetwas hinzuweisen schien. Er zeigte Susanne die abgesteckten Bahnen der Segelregatta, die auf der See vor dem Niendorfer Hafen stattfand:

»Du siehst doch die gelben Bojen dort, die sind im Dreieck angeordnet, und nun müssen alle vermutlich dreimal um die Bojen herumsegeln; das sind vielleicht an die fünf Seemeilen alles zusammen. Ich kenne das ja noch von früher, ich bin auf einer Fourty-niner ja als Vorschotmann in Scarborough und auch in Newcastle bei Regatten gesegelt. Mein bester Platz war einmal der Vierte bei der großen Yorckshire-Regatta, da waren meine Eltern so richtig stolz auf mich.«

Am Horizont blinkte die weiße Autofähre im Sonnenlicht, in einer Stunde etwa würde sie anlegen. Vor dem kleinen Niendorfer Hafen blähten sich viele dreieckige Segel im Wind, eine kleine Regatta vom Yachtclub zeigten viele Wenden und Halsen.

»Ist das nicht ein schöner Tag?!«

Susanne seufzte fast vor innerer Zufriedenheit.

»Wenn das mein Vater jetzt sehen könnte ...Er mochte solche Stimmungen, und dann über die blaue See schauen und die vielen Segel im Wind und findest du nicht auch, ein gelungener Anblick, oder?«

Richard lächelte:

»Nun ja, es ist nicht ganz das, was wir bei uns zu Hause sehen können, bei uns ist die Nordsee viel rauer und nicht so blau, eher etwas grau mit grünblauen Streifen und vor allem wilderen Wellen. Und nicht so viele kleine Segelboote, dafür eher große Container-schiffe oder Küstenfrachter, die an unserer Küste entlangfahren. Und dein Vater mochte es hier, diesen Blick auf die ganze Bucht?«

Susanne lachte leise auf und nickte:

»Oh ja, er war immer wieder hier oben. Er hatte ja Boots-
bauer gelernt in Travemünde und dann war er auch ein paar Jahre
zur See gefahren, er wollte sich mal so richtig den Wind um die
Nase wehen lassen. So hat er mir das immer wieder erzählt. Und
dann traf er meine Mutter, die arbeitete damals im Büro in Hamburg. Sie trafen sich auf der Mole in Travemünde, ganz vorne
an der Spitze. Mutter war im Urlaub hier, in einer der kleinen
Pensionen in der Vorderreihe. Sie hatte keinen Strandkorb genommen, das war ihr zu teuer gewesen, so lag sie auf ihrem Handtuch am Strand; wenn es zu langweilig war oder die Kinder zu
laut schrieen und mit Sand um sich warfen, dann ging sie auf die
Mole, Eis essen und Leute beschauen, vielleicht wollte sie auch
nur die Möwen füttern. Touristen machen so etwas gern, und
früher waren diese Vögel auch noch nicht so gierig. Erst im Laufe
der Jahre sind sie frecher geworden und heutzutage kommen sie
oft im Sturzflug an und stehlen dir das Eis oder das Fischbrötchen
direkt aus der Hand. Und es gibt immer noch welche unter den
Urlaubern, die wollen die Möwen füttern. Daher haben sie das
wohl. Wenn der Tourist das Stückchen Brot in der Hand hoch-
hält und eine Möwe kommt und es stibitzt, dann macht die Frau
ein schönes Urlaubsfoto davon auf ihrem Handy, das wird dann
sofort an die lieben Verwandten gesendet: Schaut mal her, so ist
das hier, ein toller Urlaub.«

»Und, wie ist es, wirst du deinen Eltern auch eine bunte Karte
schicken?«

Susanne wandte sich von ihm ab.

»Meine Eltern sind gestorben. Ich möchte nicht darüber
reden. Schweigen wir doch von etwas anderem.«

Richard war betroffen. Das hatte er nicht vermutet.

*

Abends daheim angekommen, nach dem Zähneputzen, ging Susanne noch der Ausflug und der eigentlich doch richtig gute Tag durch den Kopf. Als sie sich hingelegt und das Licht gelöscht hatte, kam ihr das Gespräch mit Richard wieder in den Sinn und die Gedanken an ihre Eltern und deren Tod. Noch heute bekam sie einen dicken Kloß in der Kehle und das Atmen fiel ihr schwerer. Der Druck auf der Brust war sofort wieder da, als sie sich an die Stunde erinnerte:

Das war an einem hellen Herbsttag gewesen, die Eltern hatten in ihrem Lieblingsrestaurant am Hemmelsdorfer See Fisch gegessen und waren auf der Rückfahrt. Da raste ein rücksichtsloser Autofahrer in einem dunklen SUV von hinten heran und aus unerfindlichen Gründen kam er plötzlich ins Schleudern und fuhr den Eltern in die Seite, drückte beide Wagen an einen Baum. Es war eine dicke Eibe. Das hatte Susanne noch deutlich im Ohr. Der Polizist, der ihr die Nachricht überbracht hatte, war ganz nett gewesen und hatte sehr besorgt geklungen. Und von allem, nachdem sie die Botschaft vom Tode ihrer Eltern gehört hatte, war nur noch der Baum, eben diese Eibe, ihr im Gedächtnis geblieben. Beide Autos waren nur noch Schrott und alle Insassen waren tot.

Susanne war wie betäubt zu Hause auf dem Küchenstuhl zusammengesunken und wimmerte vor sich hin. Irgendwann kamen keine Tränen mehr, und alles tat ihr so weh. Es tat einfach nur weh. Ganz wund fühlte sie sich. Dieser Schmerz überall. Sie konnte kaum atmen, ihr Blick war wie zersplittert; der Mund so trocken, sie spürte ihre Arme nicht mehr, auch nicht ihre Beine. Der Bauch war ganz hart. Blicklos starrte sie nur die Wand an.

Das blieb so, bis Tante Irmi mit Onkel Würde eintraten und die Tante hob sie behutsam an den Armen hoch und führte sie in ihr Zimmer. Dort legte sie Susanne auf das Bett und schloss die Vorhänge. Was auch immer sie gesagt oder geflüstert haben mochte, Susanne hatte nichts davon vernommen. Irgendwann war sie dann eingeschlafen. Wilde unruhige Angstträume hatten sie mehrfach aufgeschreckt, ihr Herz klopfte wie wild, und zum Glück war sie dann doch irgendwann wieder eingeschlafen.

Am nächsten Morgen war sie in ihren Kleidern auf dem Deckbett erwacht und wusste zunächst nicht, was und wo und warum, bis ihr wieder die Eibe einfiel. Dann kam das große Leid, mit Tränen, mit stillem Klagen und mit der nicht zu beantwortenden Frage : WARUM ?

Onkel Würde hatte als selbsternannter Familienvorstand dann beschlossen, vermutlich nach Rücksprache mit Gottfried und Tante Irmi, dass die Eltern ein Seebegräbnis bekommen sollten. Susanne war es recht, damals, und sie waren in einer kleinen Barkasse hinausgefahren zum Walkyriengrund; dort wurden alle Urnen für einer Seebestattung ins Wasser geworfen, Onkel Würde sprach einige Worte, ein gemeinsames Gebet noch, dann wurden ein paar Blumen auf das Meer gestreut und dann kehrte das Schiff zurück in den Hafen.

*

Das war der letzte Tag seines Besuches bei seinem alten Freund Henry ; Richard musste wieder zurück nach England. Zum Abschied führte ihn Susanne in ein gemütliches Lokal am Stadthafen, dort saßen sie lange bei Rührei, geräuchertem Aal und Krabbensalat. Für Susanne war es ein recht fröhlicher Abschied:

»Weißt du, Richard, es fühlt sich gar nicht wie ein richtiges Ende an, sondern ich fühle mich so gut, gerade so, als ob du nur mal kurz für ein Wochenende die Stadt verlässt. Mir ist auch nicht nach tränenreichem Abschied und mit wehenden Haaren an der Pier stehen und dem auslaufendem Schiff nachsehen, nein, es ist mir, als ob ich einem guten Freund viel Glück bei seiner neuen Aufgabe wünschen sollte.«

»Danke, Susanne, ich fühl mich auch ziemlich gut mit dir. Aber du verstehst sicher, dass ich gestern nicht noch einmal zu Henry mitgekommen bin. Ich mag einfach diese Atmosphäre im Krankenhaus nicht. Und dann, was soll ich da, nur um meinen alten Freund wie eine hilflose Marionette zu erleben, der von den Schwestern umgebettet wird. Henry war immer so voller Leben, und jetzt..?«

Susanne trank von ihrem Tee:

»Jetzt lebt er doch auch noch, und wie! Ich habe die Hoffnung nicht aufgegeben, er ist nur für mich vorübergehend aus dem Verkehr gezogen, aber das wird schon wieder.«

Susanne seufzte und schaute auf das graugrüne Wasser im Kanal und den Kai, wo auf dem Nachbau der mittelalterlichen hölzernen Kraweel auf der anderen Seite des Hafens die Anker gelichtet wurden, Das Schiff fuhr vermutlich zu irgendwelchen Hafentagen an der Ostsee als Botschafter der Stadt; dort würde dieses Schiff dann mit anderen Segelschiffen im Verbund zur Freude der vielen Besucher an Land unter vollen Segeln in den Hafen einfahren.

»Ich kann das verstehen, Susanne.«

Richard trank seinen Tee aus:

»Ich bin nun mal kein eifriger Klinikbesucher. Ich selbst war erst einmal im Krankenhaus, damals wurde mir der Blinddarm herausgenommen. Das war für mich eher einfach, ich musste ja nur alles über mich ergehen lassen, alles andere machten die Ärzte und Schwestern, und nach vier Tagen wurde ich wieder entlassen. Wenn ich so überlege, damals hat mich auch nur meine Mutter besucht, und das auch nur kurz, sie kann auch keine Klinikluft ab, vermutlich hab ich das von ihr geerbt.«

Beide lächelten, und dann fuhr Susanne in ihrem kleinen

Wagen Richard zum Bahnhof. Sie fand aber keinen Parkplatz, also hielt sie nur und setzte Richard ab, der nahm seinen Koffer und winkte kurz, dann ging er durch die große Eingangstür und war rasch in der Menge verschwunden. Susanne fuhr in ihre Garage im Parkhaus. Sie hatte den Besuch wirklich genossen, Richard war so unkompliziert, in all den Tagen war er ihr zu einem richtigen Freund geworden. Sie konnte Henry gut verstehen, dass er sich gerade mit diesem bärtigen Engländer so gut und eng befreundet hatte.

*

Es hämmerte an seiner Tür und zugleich wurde die Klingel heftig gedrückt. Burckhard kam schneller aus dem Sessel hoch, als er gedacht hatte und lief zu seiner Türe. Draußen auf dem Flur stand atemlos Frau Krämer aus der Wohnung gegenüber und zitterte am ganzen Leib:

»Kommen Sie schnell, mein Mann! Oh Gott, oh Gott! Kommen Sie! Kommen Sie nur mit hinein!«

Und sie zog Burckhard am Ärmel zu ihrer Wohnung hin. Mit der linken Hand, denn ihr rechter Arm steckte in einem Gipsverband; sie war vor zwei Wochen auf der Straße ausgerutscht und hatte sich den Unterarm gebrochen, und zwar beide Knochen, Elle und Speiche. Sie war zwar wieder aus dem Krankenhaus entlassen, aber mit Gipsarm in der Schlinge war ihr das Einkaufen doch sehr beschwerlich.

Jetzt zerrte sie Burckhard in ihre Küche. Dort lag ihr Mann Oskar vor dem Gasherd, leblos, den Kopf hatte er im Backofen.

Frau Krämer weinte und seufzte und schrie, alles gleichzeitig:

»Ich hab es ja gewusst! Ich hab es ja gesagt!! Jetzt hat er sich umgebracht! Ich arme Frau. Ich bin schuld! Oh Gott, oh Gott!! Was mach ich nur, und alles wegen der Blumen!! Ich bin schuld und jetzt.. Oh Gott! Was soll nun werden?! Oh Oskar, was hast du nur gemacht?!!«

Sie verstummte plötzlich und sank auf den Boden.

Burckhard kniete sich hin und zog Oskar aus dem Backofen. Wie weich so ein Körper sein kann, wie nachgiebig und wie schlaff. Kein Zweifel, er hatte sich umbringen wollen. Burckhard versuchte, einen Puls zu ertasten, er machte es wie im Fernsehen und hielt seine Finger an Oskars Hals. Und endlich fühlte er den schwachen Schlag von Oskars Herz.

Er blaffte Frau Krämer an:

»Wo ist euer Telefon, oder haben Sie ein Handy?«

Frau Krämer nickte stumm und zeigte auf den Küchentisch. Da lag ein Handy. Burckhard wählte die Notrufnummer, die Johanniter meldeten sich umgehend und er schilderte die Umstände und sie sagten, dass der Wagen schon unterwegs und in etwa fünf Minuten vor Ort sei.

Burckhard ließ den bewusstlosen Oskar liegen, er wollte nichts verändern oder gar durch unsachgemäßes Verhalten irgendein Organ schädigen. Er half Frau Krämer auf und setzte sie auf die Küchenbank. Sie weinte nicht, sie heulte still und ergiebig. Ihr ganzer Körper schüttelte sich immer wieder wie im Krampf. So saßen sie, dann hörte Burckhard schon die schweren Stiefel die Treppe empor eilen, dann waren die Johanniter in der Wohnung, in der Küche und ein Notarzt kümmerte sich um Oskar. Ein anderer in seiner roten Rettungskleidung half Burckhard, Frau Krämer ins Wohnzimmer zu bringen, sie auf das Sofa dort zu setzen und ein Glas Wasser vor sie hinzustellen. Frau Krämer wimmerte vor sich hin und Burckhard setzte sich in den Sessel mit dem Blumenmuster, der eigentlich Oskars Stammplatz war.

Während der Rettungssanitäter sich um Frau Krämer kümmerte und sie zu beruhigen suchte, konnte Burckhard endlich nachdenken. Oskar wollte sich also umbringen. Er wollte sich das Leben nehmen. Warum und wieso, das konnte Burckhard nicht erahnen, dazu kannte er den Oskar nicht genug, aber er glaubte zu wissen, dass es wohl eine Kurzschlusshandlung gewesen sein musste. Denn hätte Oskar Zeit und Muße zum Nachdenken gehabt, dann hätte er eine andere Möglichkeit ins Auge gefasst als ausgerechnet den Gasherd. Er war doch bei den Stadtwerken seit vielen Jahrzehnten beschäftigt und wusste also, dass auch aus Sicherheitsgründen das heutige Gas nicht mehr tödlich sein konnte, man sich also nicht wie früher mit dem Stadtgas das Leben nehmen konnte. Dann hätte er sich eher Tabletten besorgt, zum Apotheker hatte er ja gute Beziehungen, sie waren im selben Sportverein. Es musste also ein richtiger Kurzschluss gewesen sein, ohne Nachdenken, so ganz aus dem Bauch heraus:

– Weg mit allem, wenn ich nicht mehr da bin, dann kann mir auch keiner mehr wehtun. Oder ich brauche mich dann nicht mehr zu entscheiden. Oder dann kann mir diese Krankheit nicht mehr zusetzen. Oder dann erspare ich meinen Lieben viele Sorgen und Nöte und falle keinem zur Last. Oder ähnliches mochte ihm durch den Kopf gegangen sein. –

Manche glaubten ja immer noch ein Selbstmord sei ziemlich mutig. Aber Burckhard dachte anders, er fand, dass ein Weiterleben, auch ein bewusstes Weiterleben wollen wohl eher eine mutige Tat sei. Denn in einer Art von Kurzsichtigkeit seinem Leben ein Ende zu setzen, das war im Grunde doch eher feige. Das war doch nur einfach ein Kurzschluss im Strom des Lebendigen. Man stahl sich aus der Verantwortung, aus jeglicher Pflicht gegenüber den engen Angehörigen, seiner Arbeit, seinen Liebhabereien, seinen weitläufigen Verwandten gegenüber. Man war, wie hieß das früher in den Geschichten, man war ein Hasenfuß!

Ja, das war das Wort, das Burckhard zum Selbstmord einfiel. Hasenfüßig war einer, der Angst hatte vor dem Leben, vor der

Möglichkeit, sich immer wieder entscheiden zu müssen oder zu können.

Dabei fand Burckhard, dass diese Form von Freiheit, Entscheidungsfreiheit, Willensfreiheit, das sei eine der Grundfreiheiten des Menschen, so etwas wollte er nicht aufgeben. Schon gar nicht einer Krankheit wegen. Oder um einem Streit aus dem Wege zu gehen. Oder aus Angst vor einem Liebeskummer. Wie es wohl vielen der Jugendlichen taten, die sich wegen eines gebrochenen Herzens, wegen einer Ablehnung in der Disco oder eines beleidigenden Spruches auf Instagram oder Youtube von der ach so bösen Welt abgelehnt fühlten und dann zu Tabletten und Alkohol griffen und dann meist in der elterlichen Wohnung im weichen Kuschelbett aufgefunden wurden und dann in der Klinik den Schlauch in den Hals bekamen, alles Heruntergeschluckte erbrechen mussten und schließlich mit einem schlechten Gefühl wieder heim zu Muttern geschickt wurden.

Nein, Selbstmord war keine Lösung, nicht einmal bei den sogenannten tödlichen Krankheiten. Denn wenn eine Seuche, ein Virus, eine Bakterienart jemanden töten wollte oder konnte, dann war es doch überflüssig, durch einen Selbstmord das zu beschleunigen, was sowieso geschehen würde. Und gegen Schmerzen gab es ja Mittel genug. Wenn es um tödliche Krankheiten ging, dann war auch die Sorge wegen der schädlichen Nebenwirkungen überflüssig geworden.

Nein, Burkhard fand keinen vernünftigen Grund, den Selbstmord als solchen allein gedanklich zuzulassen.

Dass jemand einem geliebten Menschen alle möglichen Leiden oder Qualen ersparen wollte, das konnte er verstehen. Oder dass man nicht ohne den geliebten Menschen weiterleben wollte, das verstand er gut.

Aber das heißt doch auch, dass dann der positive Gedanke an den Geliebten nicht mehr da ist, wenn ich der Trauer um jemanden wegen mich umbringe, dann ist auch mit mir jedweder Gedanke von Zuneigung an den anderen von der Erde verschwunden. Dann bringe ich ja nicht nur mich um, sondern auch all das Positive und Wertvolle, was der Andere mir je bedeutet hat. Und das wäre ja ein Verrat an dem geliebten Menschen, oder?

Im Gegenteil, wenn die Trauer über den Verlust eines Freundes, eines Ehepartners oder Angehörigen so groß ist, dann gehört doch zur Trauerarbeit dazu, dass man das Gedenken an den Verstorbenen hegt und pflegt und so die Erinnerung an ihn weiterleben lässt, ihn immer wieder aus der Vergessenheit herausholt.

Anders wären doch all die Gedenktage nicht erklärbar, die immer wieder in allen Völkern und auf allen Erdteilen gepflegt werden, sei es zum Gedenken an Schlachten, an Kriege, an all die Toten, an all die Verdienste von besonderen Menschen, siehe die Nobelpreisträger oder Herrscher und Könige oder gar in heutiger Zeit das Gedenken an Filmstars oder Popsänger. Der Totenkult ist wie der Wunsch danach, für alle Zeit und immerdar soll jemand anwesend sein, sei es auch nur in Gedanken oder im Gedenken an ihn. Also doch nur immer wieder der alte Menschheitswunsch nach Unsterblichkeit, der letztendlich hinter all dem steckt? Also die alte Hybris, dass der Mensch als solcher doch ziemlich wichtig sei, oder?

Die Rettungssanitäter hatten inzwischen Oskar auf eine Trage geschnallt und aus einer Flasche aus Plastik tropfte eine Flüssigkeit durch einen Schlauch und den sogenannten Zugang in seiner linken Armbeuge in ihn hinein. Außerdem hatte er einen Schlauch in den Mund bekommen, er wurde sicherheitshalber künstlich beatmet. Burckhard half den Sanitätern, die Trage durch das enge Treppenhaus zu bugsieren, besonders die Wendungen und Absätze waren ziemlich schwierig, aber endlich hatten sie es geschafft und die Rettungstrage wurde in den Wagen geschoben. Dann mit Sirenengeheul ging es in das Krankenhaus.

Dort schoben sie Oskar in die Notaufnahme, und nach einer intensiven Begutachtung wurde er auf die Intensivabteilung verlegt. Er kam aber auf eine andere Station als die, auf der Henry lag, denn diese war zusätzlich noch als Quarantänestation ausgewiesen.

Susanne sah noch die fleißigen Rettungssanitäter, die ihren Wagen dienstfertig aufräumten. Der nette Stationsarzt hatte ihr erneut Mut gemacht und gesagt, dass sich die Werte bei Henry deutlich verbessert hätten und sie überlegten, ob sie den Henry nicht morgen schon aufwachen lassen sollten:

»Denn erst dann, wenn er wieder bei Bewusstsein ist, kann man feststellen, ob er noch irgendwelche Schädigungen hat. Aber ich kann Sie beruhigen, in den meisten Fällen gibt es keine Hirnschädigungen. Meistens sind die Patienten nur körperlich noch ziemlich schwach, weil ja ihre ganze Muskulatur sehr gelitten hat und ziemlich abgebaut worden ist durch das lange Liegen. Dann wird es nicht mehr lange dauern und dann werden Sie Ihren Mann wieder langsam durch den Park führen können.«

Susanne war froh und ging mit beschwingten Schritten in den Tag, sie fand das Leben wieder höchst erfreulich. Sie wollte gleich am Abend Richard anrufen und ihm die frohe Botschaft mitteilen.

LANGE LEITUNG

Der hat aber eine lange Leitung, so sagt man im Volksmund, wenn jemand nicht gleich auf den Trichter kommt oder auf der Leitung steht. Das soll heißen, dass der Mensch halt ein wenig verlangsamt in seinen Gedanken ist oder eben nur seine Zeit braucht, bis bei ihm der Groschen fällt, ehe er begreift, woher Barthel den Most holt. Was Sache ist, also wo es um Wichtiges gehen mag.

Zumindest bei der einen Hälfte der Bevölkerung ist klar und eindeutig, dass mit

einer solchen Aussage vor allem Männer gemeint sind. Also Männer im biologischen und sexuellen Sinne, nicht diejenigen Menschen, die als was auch immer biologisch geboren sich dann dem männlichen Geschlecht als zugehörig erweisen oder wollen oder durch verschiedene – heute kann man auch sagen: diverse – Umstände sich als männlich fühlen oder dem männlichen Geschlechte zugetan erweisen wollen, sollen oder müssen; da können die verschiedensten Umstände als Grund gelten und der oder die eine oder andere Verwandte mag da seine tragende Rolle gespielt haben, auf jeden Fall geht es hier und jetzt um Menschen, die sich als dem männlichen Geschlecht zugehörig fühlen oder zumeist auch nur hineingeboren worden sind in eine Männerrolle, sei es als biologischer Mann oder als durch wen oder was auch immer hineingeworfen Seiender. Männer sind immer etwas schwieriger als Frauen, meist etwas begriffsstutziger und langsamer, vor allem, wenn es um Gefühle oder Gefühlsäußerungen geht. So auch bei Wolf Altmann.

Er hieß mit vollem Namen Eberhard Günther Friedrich Wolfgang Altmann. Denn sein Vater, der aus Bad Doberan seinerzeit geflüchtet war, wollte seinem Erstgeborenen, seinem Kronsohn, seinem Namensträger, dem Erben und vergötterten Nachfolger natürlich, so wie es in Mecklenburg üblich gewesen war, all die Namen der Paten geben, und seine Onkel hießen eben Eberhard, Günther und Friedrich. Aber alles der Reihe nach:

*

Wolfgangs Großvater hatte einen kleinen Kramladen in Bad Doberan gehabt, und als nach Kriegsende die DDR gegründet wurde, geriet die Beschaffung von Waren zunehmend schwieriger, denn der dickköpfige Großvater wollte seinen Laden nicht in einen HO-Betrieb umstellen, er wollte gern als alleiniger Inhaber weitermachen. Aber das ging immer schlechter, und so entschloss er sich zusammen mit seiner Frau und dem Sohn, also dem Vater von Wolfgang, aus der DDR zu flüchten. Mit zwei Koffern zogen sie in den kargen Zeiten bei Nacht durch Wald und Flur über die innerdeutsche Grenze in die nächste Stadt und fanden dort hilfreiche Unterstützung durch eine Brieffreundin der Tante Lisbeth. Sie kamen schließlich in einem der kleinen Einfamilienhäuser in dem Stadtteil Karlshof unter. Dort hatte Wolfgangs Vater dann eine Stellung in einem der allmählich aufblühenden Warenhäuser gefunden, zunächst als einfacher Angestellter, später dann als Leiter der Abteilung Kurzwaren.

In der Stadt fand er dann auch später eine hübsche Frau, lernte sie lieben und sie heirateten und lebten zunächst weiter in dem kleinen Haus in Karlshof. Die neue Frau und die Großmutter verstanden sich ziemlich gut und als der Großvater dann plötzlich bei Glatteis unter einen städtischen Bus rutschte und an seinen inneren Verletzungen starb, wurde das Verhältnis noch enger.

Den Namen Wolfgang hatte seine Mutter ausgesucht, die hatte nämlich einen Erbonkel mit gleichem Namen. Dem wollte sie eine Freude machen, weil sie diesen von allen Onkeln am liebsten mochte; denn er erzählte ihr immer so schön schauerliche Abenteuergeschichten seiner Erlebnisse auf seinen großen Seereisen, und außerdem brachte er ihr immer viel Schokolade mit, das sahen ihre eigenen Eltern nicht so gern; aber zu den kargen Zeiten der Nachkriegsjahre und im Aufbau des neuen Staates konnten diese es sich nicht leisten, die ach so teure Schokolade für ihre vier Kinder zu kaufen, und so wartete die Mutter nur zu gern auf ihren Onkel mit der braunen Köstlichkeit und den Abenteuern aus fremden Ländern.

Die Mutter also hatte auf dem Namen Wolfgang bestanden, aber im Laufe der Entwicklung wurde aus dem Baby das Herzblatt, kleines Scheißerchen, Windeläffchen oder Goldstück. Am Beginn der Schulzeit dann immer öfter das Wölfchen, und das blieb dieser Sohn für seine Mutter bis zu deren Tode, er war ihr Wölfchen und sie die Mama.

Und der Vater lief nach der Geburt seines Sohnes mit stolzgeschwellter Brust herum und verteilte Zigarren und süße Liköre an Bekannte und Kunden und letzteres vor allem an Kundinnen, die bei ihm in der Abteilung Kurzwaren und Stoffe zu kaufen pflegten.

Durch die politischen Gegebenheiten kam es dazu, dass das Wölfchen seine Paten nie gesehen hatte. Einige starben dann in den siebziger Jahren schon, und nur die Mutter hielt noch brieflichen Kontakt zu den Witwen und deren Kindern. Denen wurde zu den Weihnachtstagen auch ein Paket gepackt mit Kaffee, Nylonstrümpfen und Unterwäsche, Oberhemden und Pullovern; später, da waren die entsprechenden Kinder schon größer, da gab es auch Marzipan und elektrische Spielzeuge, Puppenkleider und Seidenblusen und immer Kaffee, mitunter auch Dosenmilch, und

111

in einer Tube süße dicke Milch, die die Kinder direkt aus der Tube voll Behagen leckten.

Aus der Zone, wie die Mutter immer sagte, kamen dann Briefe und später auch Päckchen mit selbstgestrickten Wollsocken und Fotobänden aus dem VEB-Verlag. So konnten sich die Eltern zumindest ein Bild machen über die Entwicklung, die ihre alte Heimat so genommen hatte und noch nahm. Dann ging die Grenze auf, der Stacheldraht fiel, die Mauer in Berlin ebenfalls, und man konnte sich endlich besuchen. Anfangs war man sich fremd und dann wurde man vertrauter miteinander und die familiären und nachbarschaftlichen Bande wuchsen wieder zusammen, und es gab bald schon wieder die üblichen Vorlieben und Abneigungen zwischen den Menschen, den Nachbarn, den Eltern und Kindern. Und die ganz verschiedene Entwicklung, die vor allem die Kinder in jenen Jahren durchgemacht hatten, wurde und blieb immer deutlich. Wobei die Verwandtschaft aus der ehemaligen DDR jetzt ein erhöhtes Reisebedürfnis hatte und deren Kinder sich deutlicher abnabeln wollten, als diejenigen, die im Westteil des Landes aufgewachsen waren. Aber der Grundkonflikt zwischen den Jugendlichen in Ost und West war ähnlich: Sie wollten möglichst schnell groß sein, viel Geld verdienen und auf eigenen Füßen stehen, möglichst unabhängig sein oder werden und nicht mehr so oft auf all das hören, was die Eltern, Großeltern oder lieben Verwandten ihnen sagten oder predigten. Also eigentlich ganz normal, sie wollten sich abnabeln.

Doch zu den großen Ereignissen wie Hochzeiten oder Beerdigungen, da kamen sie alle wieder zusammen und saßen so manche Stunde und redeten, redeten und erzählten. Für die Menschen aus Westdeutschland klang so manches vollkommen fremdartig, was die aus Ostdeutschland zu berichten hatten und umgekehrt. Es war alles neu und sonderbar und gleichzeitig so vertraut und ähnlich, und mit zunehmendem Älterwerden erkannten sie meist, dass zwar die Benamung und Bezeichnung und Titulierungen oft unterschiedlich waren, aber was dahinter steckte, nämlich die Selbstbehauptung, der Neid, die Gier, der Wille zur Macht, das Übertriebene, die Neugier, der Drang nach Wissen, nach Wahrheit, nach Anerkennung, nach Liebe, der war letztlich immer wieder zu erkennen, der war bei allen gleich. Überall.

*

Wölfchen wuchs wohlbehütet auf, er konnte mit den vielen Nachbarskindern unbeschwert spielen; die meisten wohnten ebenfalls in den kleinen spitzgiebligen Häusern, links gleich lebte Caroline Fischer, daneben dann kam das etwas größere Haus von Meckis Eltern mit Garagenanbau, die hatten damals auch als einzige ein Auto, einen VW-Käfer. Weiter unten, zur Stadt hin, wohnte sein guter Freund Hans-Joachim, gleich neben dem Fußballstadion von Phoenix, und ganz vorn vor der großen Kreuzung wohnte Rüdiger Kaffke mit seinen Brüdern; aber oft gab es mit denen Streit, die wollten immer nur bestimmen, wer was und wann zu tun hatte. Die waren auch schon etwas älter und gingen auf das Gymnasium, sie hatten oft den Kopf weit oben und stolzierten umher, als seien sie etwas besseres. Wolfgang mochte sie nicht sehr, aber wenn es um die große Keilerei ging, die einmal im Frühjahr stattfand zwischen den Kindern seiner Straße und denen aus dem Hinterland, dann waren diese etwas älteren Jungen doch eine willkommene Hilfe und Verstärkung.

So manchen Nachmittag streifte er mit seinen Freunden im Wald umher, sie bauten Butzen aus abgebrochenen Ästen und schaufelten tiefe Löcher in den weichen Boden, deckten sie mit Zweigen zu und spielten Cowboy und Indianer. In der Schule saß er zwischen Hans-Joachim Drebber und Caroline Fischer und mit den beiden verbrachte er auch den größten Teil seiner Freizeit. Im Sommer fuhren sie gemeinsam auf ihren Fahrrädern an die Trave oder gleich an die Ostsee, sie lernten auch zusammen schwimmen im Freibad in Kücknitz und seine Mutter nähte ihnen stolz das Seepferdchenabzeichen an die Badehosen. Im Frühling zu Ostern fuhr er mit Caroline, Mecki und Hans-Joachim durch die Unterführung auf die andere Seite in den Stadtwald und sie pflückten dort viele Buschwindröschen für ihre Eltern.

Später dann kam Wolfgang auf die Oberschule, seine Eltern hatten sich das Katharineum ausgesucht, denn dort wurden auch musische Fächer sehr gepflegt, wie der Vater von seinen Kundinnen gehört hatte. Während sich die Mutter um die zunehmend gebrechlich werdende Oma sowie um den großen Garten mit den Johannisbeerbüschen und dem noch vom Großvater gepflanzten Apfelbaum kümmerte, durchlief Wolfgang zusammen mit Hans-Joachim und Caroline die sonderbare Zeit der Pubertät. Das waren auch die Jahre, in denen beiden Jungen an den sonderbarsten Stellen plötzlich dunkle Haare wuchsen, in denen die Stimmen so komisch klagen und allmählich immer tiefer wurden und Wolfgang eine seltsame Scheu davor bekam, im Schwimmbad sich mit den anderen umzuziehen; das war diese Zeit, als die Jungen auf der Liegewiese nur kurz und verstohlen hinüber zu den kichernden Mädchen schielten, als sich Jungen und Mädchen deutlich getrennt auf ihre Decken ins Gras setzten und als Caroline, die im Häuschen links neben ihnen wohnte, sehr großen Wert darauf legte, dass ihre Mutter und auch alle andern im Bekanntenkreis sie nicht mehr Line rufen sollten wie all die Jahre zuvor, sondern jetzt sollten alle sie nur noch Caro nennen. Das war nur ein paar Monate schwierig, in der Oberschule stellte sie sich gleich in der neuen Klasse als Caro vor und dabei blieb es dann.

Immer noch fuhr er mit Hans-Joachim an die See, aber nun

schon auf dem Moped und meist ohne Helm. Wenn sie so im Herbst am Ostseestrand direkt an der Wasserkante entlang brausten, fühlten sie sich wie junge Ritter; rechts brandeten die kleinen Wellen auf den Sand und links zog sich der von Strandkörben befreite Sand bis zur Böschung, zum Deich hoch; die wenigen in warme Mäntel gehüllten Spaziergänger drohten ihnen mit den Fäusten, wenn sie zu dicht an ihnen vorbeisausen. Sie hielten des öfteren vor einer der wenigen noch geöffneten Imbissbuden und verzehrten Currywurst mit Pommes oder an guten Tagen, wenn noch genügend Taschengeld in ihren Hosen klimperte, war Schaschlik ihr bevorzugtes Mahl. Dann ging es zurück durch die im Herbst meist nur von den Bauern und ihren Treckern benutzten gut ausgebauten Straßen, zurück in ihre Zimmer, zu den Hausaufgaben und Mutters Apfelkuchen.

Als Wolfgang, der seit letztem Jahr nur noch Wolf genannt werden wollte, den Zugang zur Oberstufe in der Schule geschafft hatte, besprach er mit seinen Eltern, ob er nicht besser abgehen und einen Beruf lernen sollte, dann würde er schon bald eigenes Geld verdienen und nicht so den Eltern auf der Tasche liegen. Alle überlegten und bei einer heimlichen Zigarette im Gartenhaus, wo Wolf mit Caro auf der Bank saß und mit ihr eine Tüte Gummibärchen leerte, kamen sie bei den Überlegungen auf den Beruf des Steuerberaters. Und wie Caro dann mit leuchtenden Augen erzählte, dass er dann irgendwann seine eigene Firma haben könnte, also sein eigener Chef wäre und keiner ihm dann etwas zu sagen habe, klang das alles für Wolfgang nur zu verlockend. Er würde die meiste Zeit im warmen Büro arbeiten können, und mit Zahlen hatte er es schon immer leicht gehabt. Schon in der Grundschule war der Mathematikunterricht für ihn oft nur ein großer Spaß gewesen, auch im Kopfrechnen war er ziemlich gut. Und vor allem, er hatte einen geregelten Tagesablauf mit genügend Freizeit, und die Bezahlung war im Vergleich mit anderen

Berufsgruppen doch eher befriedigend. Und sein eigener Herr zu sein, das gefiel ihm. Als er mit den Eltern diese Überlegungen beredete, waren sie auch gleich dafür. Die Mutter freute sich, dass er dann zu der Schlips- und- Kragen-Fraktion der Berufstätigen gehören würde.

Am nächsten Tag zog Wolf mit Mecki und Caro über den Volksfestplatz, wo die Schausteller ihre Fahrgeschäfte für das große Sommerfest aufbauten. Er erzählte ihnen von seinen beruflichen Plänen.

*

Mecki, die eigentlich Jaqueline hieß, deren wogender Busen im Verhältnis zu ihrer Größe immer mächtiger wuchs, kratzte sich in den kurzen Haaren, die ihr den Spitznamen eingebracht hatten und meinte, dass sie das gut verstehen könne, dass er nun eigenes Geld verdienen wolle. Sie selbst habe auch schon oft daran gedacht, aber da sie Apothekerin werden wolle wie ihre Mutter, müsse sie eben doch das Abitur machen und dann werde sie nach Freiburg gehen, dort auf die Universität und leider dann auch die ganze Zeit bei der ungeliebten Tante Herta wohnen, denn ihre Mutter lege Wert darauf, dass sie immer unter Kontrolle sei, so rede sie immer wieder beim Abendbrot. Vermutlich wolle sie verhindern, dass Mecki auch schon in jungen Jahren geschwängert werde wie sie selbst, und nun müsse sie, Mecki, alles das ausbaden, was ihre eigene Mutter nicht habe erleben können: eine unbeschwerte Jugend mit vielen Flirts und ohne große Verantwortung für ein Kind. Aber, so lachte Mecki die beiden an, die Mutter habe sich dann ja schadlos gehalten und sei später durch die Lokalitäten gezogen, während ihres eigenen Studiums. Sie selbst, Mecki nämlich, sei immer in der Obhut ihrer Gastfamilie gelassen worden, sie lebe ja noch heute dort, wie alle wissen, aber dass die eigene Mutter sie so weggegeben habe, das habe ihr nicht geschadet, denn in dieser Familie Kramer habe es immer so tolle Feste gegeben, bis heute, und ihr kennt sie ja auch, die scharfen Kramertöchter, ihr wart ja auch schon mal mit, im letzten Jahr zum Fasching. Und Wolfgang nickte und dachte an die Gertie Kramer, sie war zwei Klassen über ihm gewesen. Er war zum ersten Mal im sogenannten Kramerzirkus eingeladen worden, alle Jungen seiner Klasse beneideten ihn. Denn in den Kramerzirkus mit seinen insgesamt sieben heranreifenden Mädchen wollte jeder gern, Frau Kramer hatte ja nicht nur Mecki, sondern auch noch vier andere Mädchen in Pension, wie man das nannte. Dazu kamen noch die eigenen beiden Kramertöchter. Da gab es natürlich ein großes Gerede in der Schule, alle Jungen träumten davon, zu einem der berühmten oder besser berüchtigten Kramerfeste eingeladen zu werden. Das geschah meist dann, wenn Frau Kramer beruflich verreist war auf einer Messe in Hannover oder München. Dann hatten die Kramermädchen freie Bahn und so entstand im der Straße und den Schulen der Ruf des Kramerzirkusses, denn man sagte, dass die Kramermädchen recht freigiebig von ihren Reizen Gebrauch machten. Wolf hatte damals den ersten Kuss seines Lebens von einer fremden Frau, von einem heranreifenden Mädchen bekommen und es hatte ihm sehr gefallen. Gertie Kramer war aber auch eine Meisterin im Küssen. Es war vertraut und zugleich fühlte es sich verboten an. Und so einen echten Menschen, eine warme Frau, in den Armen zu halten, das war doch etwas ganz anderes als die bunten Bilder in den zerlesenen Pornoheften, die er von Hans-Joachim sich immer wieder ausgeliehen hatte.

Sie schlenderten über den Platz und schauten dem Budenaufbau zu, Caro blieb längere Zeit beim Autoscooter stehen und bewunderte die bloßen Oberkörper der jungen Männer und zeigte sogar direkt auf einen etwa Zwanzigjährigen, der eine ganz helle

Brust hatte, im Gegensatz zu den Armen, die waren bis Mitte des Bizeps tief gebräunt, er trug wohl nur Hemden mit kurzen Ärmeln, mutmaßte Caro und sie drückte bei Wolfgang an dessen Oberarmen herum und griente nur, dass der Mann vom Autoscooter doch wohl sehr viel mehr an Masse und Kraft zu bieten habe, oder? Und wie sie ihn so ganz schelmisch von schräg nach oben anschaute, lachte Wolf nur laut los und meinte, dass sie doch nicht glaube, dass er sich in Konkurrenz mit so einem fühlen werde. Denn der ist übermorgen wieder weg, nach Bremen oder Mainz oder Hannover, wo auch immer, und Caro bliebe dann mit gebrochenem Herzen hier allein zurück und werde in ihre Kissen weinen. Alle drei lachten und zogen weiter bis zum Würstchenstand, der hatte seinen Grill schon angeworfen, und dort aßen sie Krakauer mit Kraut und tranken eine Cola. Als es langsam dunkler wurde, waren die Rollen ungleich verteilt, Wolfgang würde in den nächsten Wochen einen Lehrplatz suchen, am liebsten in der Innenstadt, und Mecki ginge mit Caro weiter aufs Gymnasium, sie wollten ihr Abi machen und dann würde man schon sehen.

*

Durch die freundliche Vermittlung von Herrn Weigelt, einem der guten Bekannten seines Vaters, konnte Wolf nach den Sommerferien dann im Schiffskontor Brüggemann in der Mengstrasse mit seiner Ausbildung zum Bürokaufmann beginnen. Der Herr Weigelt und sein Vater hatten mit ihm in aller Ruhe über seine Berufswahl gesprochen und ihm klargemacht, dass der Plan zum Steuerberater durchaus sinnvoll und beachtenswert sei, aber die Voraussetzung sei erst einmal eine gute kaufmännische Ausbildung. Und wenn er die gut bestehe und dann eine feste Anstellung gefunden habe, dann könne er die weitere Ausbildung zum Teil zumindest in Fernkursen machen. Während der Zeit müsse er fleißig sparen, denn er müsse damit rechnen, dass er etwa ein halbes Jahr die Ganztagsausbildung an der speziellen Schule durchlaufen müsse, dann die recht schwere Prüfung überstehen und danach erst einige Jahre in einer entsprechenden Firma tätig sein müsse, ehe er dann die Selbständigkeit erreichen werde. Es käme aber von Anfang an darauf an, dass er in einer Firma mit gutem klangvollem Namen seine Ausbildung beginne; am besten sei eines der alteingesessenen hanseatischen Geschäfte, möglichst mit Wurzeln bis ins Mittelalter, eine solche Firma sei eine hervorragende Empfehlung für alle weiteren Aktivitäten, wenn er sich woanders zumindest hier im Norden bewerben wolle. Er solle auch daran denken, dass er dann als ein Repräsentant seiner Firma gelte und in Verhalten und Kleidung stets wie ein erfolgreicher Kaufmann erscheinen müsse, dann sei sein weiteres Fortkommen deutlich einfacher.

Durch Herrn Weigelt erhielt Wolfgang dann auch einen ersten Termin im Büro des Inhabers einer derartigen Firma; diese lag in einem der alten noch erhaltenen Gebäude mit denkmalgeschützter Fassade und viel blank gebohnertem Pich Pine in Treppengeländer und Fußböden. Er hatte sein Vorstellungsgespräch mit Bravour hinter sich gebracht, seine Zeugnisse waren ja auch ziemlich gut; der Chef, Herr Brüggemann junior, war etwa Anfang fünfzig mit grauen Schläfen, schlank und in einem grauen dreiteiligen Glencheckanzug, er sah sonnengebräunt aus; wie Wolf dann im Laufe des ersten Halbjahres merkte, kam dessen Hautfarbe vom regelmäßigen Besuch eines Sonnenstudios hier in der Innenstadt, dieses besuchte der Chef in seiner ausgedehnten Mittagspause regelmäßig ein oder zweimal in der Woche. Er verkörperte das Ideal eines hanseatischen Kaufmanns in der vierten Generation. Wolfgangs Arbeitsplatz war im Kontor im ersten Stock hinten mit Blick auf den kleinen Hof, der von der Ehefrau des Chefs liebevoll gestaltet wurde, sie begoss regelmäßig die Pflanzen, grub die alten aus und setzte neue ein, sie sorgte dafür, dass es immer etwas bunt Blühendes zu sehen gab, sie ordnete das Gestühl, grün gestrichene Gartenstühle und eine Bank aus schwerem Metall, ein kleiner runder Tisch, an dem im Sommer besonders gute Kunden zu einem Gläschen Rotspon geladen wurden. Es konnten auch zwei oder drei werden, je nach Tageszeit und Stimmung. Die Arbeit selbst bereitete Wolfgang keine großen Schwierigkeiten, er war im Rechnen schon immer gut gewesen und es fiel ihm leicht, abstrakte Zahlen und Tabellen lesen zu können, auch in der Berufsschule gehörte er zu den Besten. Den anderen Angestellten gegenüber zeigte er sich höflich und zuvorkommend und alle waren zufrieden mit ihm.

Sogar Caro sagte ihm gelegentlich, dass er sich wohl gut herausgemacht habe. Mit Caro, Mecki und den anderen traf er sich besonders an den Wochenenden häufig, und mitunter fuhren Dieter, Caro und er an die See zum Flanieren an der Strandpromenade oder nur auf einen Eisbecher in einem der Seekurorte oder im Sommer am Strand zu liegen und unter Gejuchze die jungen Damen im Wasser zu bespritzen und unterzutauchen. Wenn es Monatsanfang war und er sein Geld noch beisammen hatte, lud er auch gelegentlich seine Freunde ein, auf der Wakenitz per Boot nach Rotenhusen zu fahren; unterwegs gab es Bier, Brause oder Bockwurst, am Ratzeburger See selbst gingen sie dann über die kleine Brücke auf die Ostseite in das Gebiet der ehemaligen DDR und liefen dort den Uferpfad entlang, auf dem die Volkspolizei früher kontrolliert hatte. Sie liefen dann bis zu einem kleinen Lokal mit Seeblick und Badestelle und nahmen dort große Stücke von Sahnetorten zu sich. Wenn es schön warm war, badeten sie auch an Ort und Stelle und schlenderten dann gemächlich zurück. Oder sie hatten sich gleich verabredet mit Heiner, der ein eigenes Segelboot besaß und sie dann auf diesem zurückfuhr in die Stadt.

*

So verging das erste Lehrjahr für Wolf äußerst zufriedenstellend, in der Firma waren sie mit ihm zufrieden und er mit seiner Arbeit auch, nur jeden Tag mit Schlips und Kragen herumlaufen und das regelmäßige Blankbürsten seiner der Schuhe nervten ihn mitunter. Und während Caro und Mecki über Algebra und Goethes Werther schwitzten, trafen sich die Freunde meist am Wochenende oder zu den großen Ereignissen des Städtchens wie Weihnachtsmarkt und Frühjahrsfest zum Fahren im Autoscooter oder saßen in einer Gondel im Riesenrad und schauten weit über die Stadt hinaus. Und dann, das war fast das Allerwichtigste in dem Jahr: sie gingen alle zur Tanzschule!

Dort lernten sie Samba, Disco-Fox und Wiener Walzer, Wolf fand es aufregend, dass er sozusagen ganz offiziell ein weibliches Wesen im Arm halten durfte und sie auch enger an sich drücken konnte. Er lernte schnell, hatte sozusagen viel Musik in seinem Blut, wie der geschmeidige Tanzlehrer dem ganzen Kurs öfters erklärt hatte, und er war dann bei allen Mädchen ein beliebter Partner; zum Abschlussball durfte Wolf dann seine ständige Tanzdame Ellen zur Polonaise führen. Caro war schon etwas weiter, sie hatte schon den Tanzkurs für Fortgeschrittene nehmen können und durfte sich am Tango ausprobieren, was ihrer blühenden Fantasie von hochgewachsenen Latinos mit schmalen Hüften sehr entgegenkam. Sie hatte immer noch keinen festen Freund, sondern flirtete hier und dort herum, und als sie etwas mehr Ausgang bekam, saß sie oft mit den kichernden Mädchen aus dem Kramerzirkus in der Queens Disco bei Cola und Ginfizz und kam sich sehr erwachsen vor.

Wolfgang hatte sich auch in der Abendschule zum Schreibmaschinenkurs angemeldet, schließlich wollte er auch auf dem Computer baldmöglichst perfekt sein und nicht mehr wie bisher im Einfingersuchsystem über die Tasten gleiten. Und es machte sich bezahlt, denn sie waren dort im Kurs insgesamt drei

Männer und elf Frauen, die eifrig auf die Tasten schlugen. Im Kontor sah man seine Eigeninitiative mit Schmunzeln und der Chef murmelte auf der obligaten Weihnachtsfeier in der »Lübschen Hanse« etwas von Ehrgeiz und dass der junge Mann sich im Kontor wohl doch ganz gut mache.

Im nächsten Jahr wurde die Mutter krank, irgendetwas mit Magen oder Leber, er hörte nichts Genaues von ihr, die Mutter hatte eigene Beschwerden immer zurückgeschoben, aber nun ging es wohl nicht mehr. Und so kam es, dass Wolf in seiner Freizeit öfters zur Apotheke laufen musste oder sich um die Mutter kümmerte, Tee kochen oder den Einkaufszettel abarbeiten, denn der Vater war mit der Haushaltsarbeit einfach überfordert. Er hatte anfangs sogar große Schwierigkeiten gehabt, Eier zu kochen. Insgesamt war es ein sich hinziehendes quälendes Jahr mit nächtlichen Sitzungen an Mutters Bett, was Wolfgang immer dran erinnerte, wie seine Mutter bei ihm gesessen hatte, wenn er mit heftiger Grippe oder damals mit Mumps tagelang im Bett hatte zubringen müssen.

In diesem Jahr waren die Ausflüge mit Caro, Dieter und Mecki seltener und dadurch viel kostbarer geworden. Wolf merkte allmählich, wie sich sein Freundeskreis veränderte. Er verfügte jetzt zwar über mehr Geld als früher und konnte sich so viel mehr leisten und seine Freunde öfter auch einladen beim Volksfest oder in der Disco einen ausgeben, aber die Gespräche wurden irgendwie anders, flacher, die Themen unterschieden sich. Zuweilen merkte Wolf für sich, dass sie schon fast wie die Alten waren, wenn sie von früher redeten und über längst vergangene Streiche in der Schule lachten. In den Ferien fuhren die Freunde, die noch zur Schule gingen, meist mit den Eltern weg in die Sommerfrische, oder wie Caro in den langen Herbstferien zusammen mit ihrer Mutter nach England, dort hatten sie Verwandte in Yorkshire, dann fühlte sich Wolf fast alleingelassen, aber Mutters schwere

Erkrankung und die zunehmende Vertrautheit mit der Chefsekretärin Helga wurden allmählich die beiden Fixpunkte in seinem Leben.

Helga Meinert war gut fünf Jahre älter als er, sie lebte allein, ihre Mutter war gestorben und der Vater hatte in Frankfurt eine Wohnung, die er nicht verlassen wollte. Helga hatte sich im ersten Lehrjahr zunehmend um Wolf gekümmert und daraus war dann im Laufe der Monate eine engere Bindung geworden, und eines Tages spürte Wolf, dass er liebevoll an sie dachte. Und in der Adventszeit, nach der offiziellen Weihnachtsfeier mit dem gesamten Kontorpersonal, brachte er dann Helga nach Hause und dort kam es dann zum ersten richtigen Kuss. Leider musste er kurz vor Mitternacht wieder nach Hause, um sich um seine Mutter zu kümmern, der Vater war dienstlich in Bremen unterwegs. Aber am Sonntag dann hatte Helga ihn ganz plötzlich eingeladen zum Adventskaffee und dort in ihrer gemütlichen Wohnung wurden sie ein richtiges Liebespaar.

Jetzt fühlte sich Wolf so richtig erwachsen und lebte bis zum Jahreswechsel in einer Hochstimmung, wie er sie bislang noch nicht gekannt hatte. Seine freie Zeit verbrachte er mit Helga, er bekam auch ihren Wohnungsschlüssel und oft überraschte er sie mit einer bunten Pflanze auf dem Fensterbrett oder einem selbstgekochten Abendessen. An den Wochenenden versuchten beide, sich so oft zu sehen wie es nur ging, wenn auch die Krankheit seiner Mutter immer wieder Wolfgangs Anwesenheit dort erforderte. So lernten sie sich im Laufe der Wochen dann immer besser kennen.

*

Helga war in Frankfurt aufgewachsen und hatte sehr unter der Unzuverlässigkeit der Mutter gelitten, denn diese hatte zu sehr ihrem erstgeborenen Sohn nachgetrauert, der war mit drei Jahren an einer heftigen Grippe verstorben. Seitdem war Alkohol ein Tröster für Helgas Mutter geworden, und im Verlaufe der Jahre wurde aus den Edelbränden immer mehr der Griff zur billigen Kornflasche. Der Vater konnte oder wollte die Eskapaden seiner Frau nicht sehen, er hatte ja seine Arbeit und seinen Fußballverein, für ihn galt noch das alte Motto aus der Kaiserzeit: Für Küche, Kirche, Kinder sind die Frauensleute zuständig, der Mann muss hinaus ins feindliche Leben und für das finanzielle Wohl der Familie sorgen. Daran hielt er sich, und so wuchs Helga unbehütet und gelegentlich auch unter Prügeln der schreienden betrunkenen Mutter heran, bis sie sich mit vierzehn und einem gepackten Koffer aufmachte und nach Kiel in eine WG zog. Dort wurde sie vom Jugendamt betreut und erblühte so richtig, beendete ihre Schule mit dem Realschulabschluss und machte eine Lehre als Bürokauffrau, die sie in der Prüfung mit Auszeichnung bestand. Mit etwas Glück kam sie dann in das Kontor von Herrn Brüggemann und konnte sich dort schon in ihren relativ jungen Jahren zur Chefsekretärin hocharbeiten. Kein Wunder, sie war fleißig, tüchtig und sie sah in den Augen der meisten ziemlich gut aus:

Sie trug jetzt ihre Haare kurz; so spare sie viel Zeit. Sie brauchte morgens nicht mehr so lange vor dem Spiegel im Bad; der schlanke Körperbau, den sie vom Vater geerbt hatte und den sie mit regelmäßiger Gymnastik trainierte, gab ihr ein Gefühl der Sicherheit. Sie achtete auch auf ihre Nahrungsaufnahme, es gab für sie nur wenig Alkohol, dafür viel frisches Gemüse oder Obst, je nach Jahreszeit. Und je mehr sie sich über Klimawandel und Ökologie informierte, um so mehr kaufte sie regionale Produkte und gelegentlich sogar in kleinen Hofläden, wenn sie am Samstag mit ihrem Rad über die Dörfer fuhr. Im Sommer meist zu einem der vielen Seen, an eine Badestelle, Bikini, Handtuch, ein kleiner

Picknickkorb, etwas Schwimmen und viel, viel Sonne, das tat ihr gut und war auch für ihre Haut ein Genuss. Sie ging auch gern zu den großen Dorffesten und Erntebällen, denn sie tanzte sehr gern und auch gut. Aber sie vermied es, nach einem festen Freund Ausschau zu halten. Sie wollte nach den Erfahrungen, die sie in der Ehe ihrer Eltern gesehen erlebt hatte, möglichst selbständig bleiben und sich nicht in eine Abhängigkeit bringen oder gar wieder unter die Fuchtel eines Menschen wie damals der Mutter geraten. Als die Mutter dann endlich am Nierenversagen gestorben war, fuhr sie zwar zu der Beerdigung nach Frankfurt, aber sie kam gleich wieder zurück, denn ihr Vater wollte auch in seinen Rentnertagen nur sein Ruhe haben, er hatte ja seine alten Kumpel und seinen Fußball, und solange sein Fernsehgerät funktionierte, war er es zufrieden. Er hatte trotz all ihrer Bemühungen nie eine tiefere Beziehung zu seiner Tochter aufbauen können, und nun hatte Helga seit Jahren schon resigniert aufgegeben. Vielleicht war das auch einer der Gründe, warum sie sich so intensiv um den neuen Lehrling, um Wolfgang, gekümmert hatte. Er war ihr so hilflos vorgekommen, so jung und unerfahren wie er war, aber sie merkte rasch, dass er klug war und aufmerksam und willig, und so hatte sie zunächst das Gefühl, dass sie sich um einen kleinen Bruder kümmern durfte. Allmählich aber wurde aus dem Bruder ein Geliebter und dann, als sie länger miteinander als Liebespaar durch die Straßen gingen und auf den Landwegen mit ihren Rädern fuhren, bekam Helga allmählich eine Art von Sicherheit, die sie immer vermisst hatte: Da war ein Mensch, der sie liebte. Nicht sie als tüchtiges Arbeitstier, das tat ihr Chef auch und viele andere in ihrer beruflichen Umgebung, nein, da war jemand, der sie einfach mochte, so wie sie war. Der kein wenn und aber ihr gegenüber hatte oder gar zeigte, der einfach nur für sie da war. Wenn sie beide so manches Mal an einer Badestelle an einem der vielen Seen lagen und sich von der hellen Sonne bräunen ließen, dann schaute sie ihn nur an und war einfach glücklich. Denn es gab kein: Du musst! Oder du solltest mal, sie war Helga und er war Wolf und beide lagen in der Sonne nebeneinander und fühlten sich wohl.

In der Firma achteten sie aber darauf, dass sie ihre Zuneigung nicht zu offen den anderen zeigten, denn der Firmenklatsch, den kannten sie ja, wer mit wem und warum und wehe, wenn da einer mit einer anderen als der erlaubten oder gar von außerhalb jemanden geholt hatte und dann mit der oder dem ...

Das Arbeiten ging ihm flott von der Hand, die Mutter besserte sich Tag um Tag, die Sonne schien freudiger und wärmer trotz Eis auf den Straßen, selbst der Streit mit Hans-Joachim wegen der Konzertkarten für Udo Lindenberg löste sich in Wohlgefallen auf und so saßen dann alle Freunde miteinander beim alten Panikrocker und schwenkten ihre Feuerzeuge, Caro hatte feuchte Augen und auf der Rückfahrt in Hans-Joachims neu gekauftem Gebrauchtwagen sangen sie alle lauthals, fröhlich und oft falsch, aber glücklich, das alte Lied von Sankt Pauli.

Natürlich war es mehr als verständlich, dass Wolfgang nach der ersten Nacht mit Helga nichts anderes mehr wollte als seine Sexualität ausleben, die er bisher noch nie so drängend und so beglückend erlebt hatte. Und die ersten Wochen waren diesbezüglich auch äußerst intensiv und Helga hatte offenkundig auch in dem Bereich etwas nachzuholen. Aber im Laufe der Wochen wurden dann andere Dinge für Wolf und Helga wichtiger. Sie war die Leitende in diesem Pärchen, wie sie schon ein paar Erfahrungen im Miteinandersein gemacht hatte, aber er ließ sich willig führen. Er drängte sie nicht, und sie begannen schon bald über wichtige Dinge in ihrem Leben miteinander zu reden. Und Wolf merkte, wie gut er zuhören konnte, wenn da jemand zu ihm sprach, den er mochte, den er für sich als wichtig erachtete.

Sie genossen ihre langen Ausflügen, bei gutem Wetter auf dem

Fahrrad, sie fuhren am Fluss entlang oder an der See zu den verschiedensten Häfen, wo sie oft in kleinen Kneipen am Pier den soeben frisch gefangenen Fisch bestellten und mit guten Appetit genossen. Oder die kleinen Ortschaften in Mecklenburg-Vorpommern, da gab es Konzerte in alten Steinkirchen und einen Safari-Park in

Dassow mit vielen Löwen und zwei alten Tigern, die warn aus ein Zirkus hierher gebracht worden und erhielten hier sozusagen ihr Gnadenbrot, brauchten nicht mehr zu arbeiten, nicht mehr auf Rohrgestellen herumtanzen oder durch brennende Reifen zu springen. So konnten sich die Tiere allmählich erholen und im weitläufigen Gelände ein verhältnismäßiges artgerechtes Verhalten neu erlernen.

Sie besuchten auch verschiedene Museen; in Pankow lachten sie ganz laut, sie waren auch die einzigen Besucher, da standen sie vor einem sogenannten Kunstwerk: auf einem wackeligen Tisch waren zwei metallene Melkeimer umgedreht ineinander gestellt. Das Objekt hieß »Verheißung« und sollte Eintausenddreihundert Euro kosten.

Wolf hielt sich den Bauch und Helga musste sich auf das nächste Fensterbrett setzten, sie beruhigten sich nur allmählich und verwunderten sich immer wieder über die beiden grundsätzlichen Fragen, die dieses Objekt aufgeworfen hatte: Wie konnten zwei einfach im Laden gekaufte Melkeimer als Kunst gelten, wo rein gar nichts an ihnen vorgenommen worden war, weder wurden sie bemalt noch verbeult oder durchlöchert oder sonst was, sie waren wie frisch aus dem Landverkauf: wer kam denn auf so was? Und wer sollte so etwas kaufen, oder wollte so ein Objekt in seinem Wohnzimmer schon haben? Dass der hungernde sogenannte Künstler sich solch einen Fantasiepreis dafür ausgedacht hatte, das war noch nachvollziehbar. Die Leute kaufen doch alles, und wenn es teuer erscheint oder als etwas besonderes angezeigt wird, fallen viele darauf herein. Da braucht nur der Schein einer sogenannten wichtigen Person darauf gefallen zu sein. Wie die alte Gitarre von Cliff Richard in Hamburg, oder die Haarlocke von Andy Borg oder die zertanzten Schuhe von Lady Diana, für ein Heidengeld wurden diverse Gegenstände auf Auktionen verkauft, nur weil ein später berühmter Mensch sie mal getragen hatte oder, das war für Wolfgang das absolut Unverständlichste, da wurde ein angebissenes Butterbrot mit Nutella von Michael Jackson für zehntausend Dollar verkauft. Bei Musikinstrumenten war den Käufern nur wichtig, wer jemals auf ihnen gespielt hatte. Aber das galt vermutlich nicht nur für die sogenannte Pop-kultur, sondern überhaupt für alle Gegenstände, die ein vermeintlich berühmter Mensch je in Händen gehalten haben sollte. So gab es hohe Gebote eben auch für den Zahnstocher von Kafka geboten oder den Taktstock von Furtwängler. Helga würde es nicht verwundern, wenn auch der Nachttopf von Elvis Presley, der ja als Soldat in Deutschland kaserniert gewesen war, für Hunderte von Dollars seinen Besitzer gewechselt haben dürfte. Sie las bei gelegentlichen Besuchen bei ihrer Frisöse in den bunten Frauenzeitschriften über Prominente und was dort an alten Kleidern, Schuhen und Schmuck der Stars unter der Abteilung Vintage seinen Besitzer wechselte und was dabei für hohe Preise erzielt wurden, da hätte Helga gern nur für ein Oberteil von Samantha Fox den Erlös gehabt. So etwas kaufte sich wohl ein dicker Manager mit Doppelkinn, um den teuren Besitz in seinem Privatmuseum an die Wand zu hängen und sich daran zu erfreuen, wobei sich Helga dieses Ergötzen nicht ausgemalt vorstellen wollte.

*

Gelegentlich fuhren sie zum Vogelpark und beäugten dort die Uhus, die Kraniche, Störche, Marabus und Seeadler, schauten den Vorführungen mit gelehrigen Tieren zu, wie sie hin und her vor dem Publikum flogen oder die Raben, die sogar auf kleinen Fahrrädern auf dem Seil balancierten.

Es war für sie beide eine nahezu unbeschwerte Zeit, selbst dem Vater fiel auf, dass Wolf zunehmend lockerer und fröhlicher wurde, selbst wenn er sich noch um die genesende Mutter kümmern musste.

Schließlich konnte er nicht anders und erzählte seinen Eltern, dass er jetzt eine Freundin habe, dass es aber verschiedene Schwierigkeiten gab und er daher seine neue Flamme den Eltern nicht vorstellen könne. Auf diese Version hatte er sich mit Helga geeinigt, denn sie wollte sich nicht so gern seinen Eltern vorstellen; sie meinte zum einen, dass es ziemlich altmodisch sei, man täte das heutzutage nicht mehr so wie noch zu Kaisers Zeiten, und dass die Eltern vielleicht Bedenken haben könnten wegen des Altersunterschiedes, denn auch in der jetzigen Zeit galt es als höchst anzüglich, wenn sich eine ältere Frau mit einen jüngeren Mann zusammentat. Dass viele ältere Männer sich eine wesentlich jüngere Frau suchten, dass war innerhalb der Gesellschaftsstruktur anerkannt und man mokierte sich höchstens darüber, dass wieder eine der lasziven Damen sich ins gemachte Nest gesetzt habe oder so. Bei älteren Frauen hingegen wurde in den Kaffeekränzchen und Stricknachmittagen immer vermutet, dass derartige Frauen sich nur einen potenten Bettgefährten geholt hätten und wer weiß, wie lange so etwas gut gehen würde. Man las das ja überall in den bunten Blättern der Frauengazetten und hörte es in den entsprechenden Fernsehsendungen über Prominente oder zumindest solche, die gern als prominent erscheinen wollten, was die für Affären hatten und wie kurz solche Beziehungen dann andauerten. Wolfgang war es nur recht, so hatte er mehr Zeit mit Helga. Und wenn er sich vorstellte, dass seine Freundin am Kaffeetisch bei seinen Eltern säße, der Vater mit Schlips und Kragen, denn so gehörte es sich schließlich und die Mutter in ihrem besten Kleid, und, wie hieß es immer in den Romanen des vorigen Jahrhunderts: Man plauderte und sie lobte den selbstgemachten Kuchen; die Hausfrau indes deutete an, dass sie den Liebreiz des neuen zukünftigen Familienmitgliedes zu schätzen wusste.

Also war Wolf mit der Nichtvorstellung sehr einverstanden, zumal die Mutter sich zunehmend erholte und immer weniger seiner Unterstützung bedurfte.

Schließlich nach der kurzen und mit gut bestandenen Prüfung zum dritten Lehrjahr beschlossen Helga und Wolf anlässlich einer Kanufahrt auf der Wakenitz, sie könnten gemeinsam in Urlaub fahren. Da Wolfgang noch nie geflogen war, bot sich eine günstige Flugreise zu den Kanaren an. Im Reisebüro an der Hauptstraße buchten sie nach eingehender Beratung eine Pauschalreise nach Ibiza. Denn nach Ansicht der sie beratenden Reisebürofrau war diese Insel noch nicht so überlaufen wie Mallorca, da fuhren ja alle hin, während man in Ibiza noch mehr urige Orte ohne den Touristenrummel finden konnte und außerdem waren dort viele Hippies zu finden, so sei dort ein lustiges Treiben und alles Leben eher unkonventionell. Sie buchten und dann flogen sie ab Hamburg in den Süden.

*

Dies waren die ersten richtigen Ferien für Wolf. Helga leitete ihn durch all die Rituale der Eincheckung und während des Startvorgangs hielt sie seine schwitzende Hand. Über den Wolken aber war ihm ganz leicht, die Angst war weggeflogen, er konnte sogar den roten Wein genießen, den eine freundlich lächelnde Stewardess ihnen servierte. Nach den Landung eine kurze Busfahrt in das Hotel direkt am Meer, auspacken und dann, es war schon abends, ging es in die Stadt. So ein Gewusel, überall gab es Musik und Tanz und kleine Bars und Grillstuben und es war wohl gar viel Volks auf der Piste, in bunten Hemden und in allen Sprachen der Welt lachten sie und sangen und grölten und schwiegen und flirteten und genossen die warme weiche Luft, den Mondschein und die laue Nacht als Unterstützung des fröhlichen Lebensgefühls.

Sie mieteten sich Mopeds und fuhren an kleine verwunschene Buchten, wo sie allein mit einem Korb vom Hotel auf dem weichen weißen Sand lagen und sich liebten und dann, wenn Schweißtropfen die Augen verschmierten, hinein ins Wasser und am dritten Tag mit einer Schnorchelbrille, um die vielen Korallen, Seeanemonen und Fische zu beschauen, dann wieder lange Ruhephasen am Sandstrand und abends zum Tanzen und Tapas speisen durch die Lokalitäten der Oberstadt.

Und einmal kam ein langer Schlaks mit modischer Sonnenbrille und Tequilaglas in seiner goldbeketteten Hand und wollte Helga in die Haare und an den Busen greifen; da griff Wolf mit rascher Hand das Brustteil des offenen Hemdes dieses Mannes, zog ihn auf die Straße und prügelte ihn kräftig durch. So hatte er zuletzt im Drägerpark den dicken Charlie verhaut, als dieser seinem Freund Dieter das Handy gestohlen hatte. Helga kam und hielt Wolf fest an den Schultern, der lange Schlaks lag stöhnend in der Gosse und die Umherstehenden machten ihre Bemerkungen, aber keiner half ihm, denn der hatte schon den ganzen Abend in der Bar die Frauen angemacht und zotige Bemerkungen gemacht; aber die meisten Stammgäste wussten, dass der ein Messer besaß und dieses auch häufig gebraucht hatte.

Aber sonst gab es keine großen negativen Begebenheiten, der Urlaub machte insgesamt aus Wolfgang einen richtigen Mann. Man könnte diese Ferien zusammenfassen in dem Refrain des Liedes von Peter Maffay, das damals sehr populär war:

»Wir gingen hinunter an den Strand
Und der Junge nahm schüchtern ihre Hand
Doch als ein Mann sah er die Sonne aufgehen
Und es war Sommer«

*

Ganz erfüllt von Sonne, Sand und Glück begann Wolf sein drittes Lehrjahr. Er wurde mit dem Dienstcomputer des Kontor vertraut gemacht und war schon in kurzer Zeit mit all den Programmen vertraut: von Woche zu Woche vertraute der Chef ihm immer mehr an. Er bekam sogar von der Firma eines der neuen Handys, damit er auch im Notfall erreichbar sein konnte. Und dann kam der Moment, in dem er doch seine Helga den Eltern vorstellte.

Und dann kam alles andere so, wie man es erwarten konnte. Die Eltern mochten Helga von Beginn an, der Vater hatte sie sogar bei der ersten Begegnung in den Arm genommen, Wolfs Mutter war nur zu froh, dass Helga sie auch mochte, und obwohl dann immer mal die üblichen Besuche am Sonntagnachmittag zu Kaffee und Kuchen stattfanden, äußerte Wolfs Mutter des öfteren deutlich oder wie nur nebenbei ihre Hoffnung, dass es für junge Leute schon aus finanziellen Gründen anzuraten sei, dass sie bei den Eltern doch in dem Haus wohnen und leben könnten. Doch war Wolfs Vater im Gegensatz der Ansicht, dass ein junges Paar sich zunächst einmal um sich selbst kümmern müsse, um sich besser kennen zu lernen, denn sie wollen oder sollen schließlich miteinander leben und das nicht nur für ein paar Wochen oder Monate, sondern, wenn es die richtige Liebe ist, soll das schon ein ganze Leben halten, so wie bei uns, oder? Und daher müssen sie weg von den Alten, sie müssen allein miteinander ihre eigenen Fehler machen und ihre eigenen Lösungen der Probleme finden. Da wollen wir uns völlig raushalten und nur dann unseren Senf dazu geben, wenn wir gefragt werden oder wenn es einen Unfall gibt oder einer so richtig krank wird, ansonsten wollen wir die beiden machen lassen, die werden es schon richtig machen. Da bin ich mir sicher!

Wolf und Helga schlossen sich natürlich gleich Vaters Meinung an. Wolf packte also die meisten seiner Sachen und zog richtig bei Helga ein. Sie hatten zwar immer wieder durchgesprochen, ob es wohl empfehlenswert sei, so den ganzen Tag zusammen zu sein, Auf der Arbeit und im Freizeitbereich, ob sie sich nicht auf die Nerven gehen würden, wenn es sozusagen im Miteinander keine Pause gäbe, aber Helga hatte immer wieder gemeint, dass genau diese Erfahrung ja gemacht werden müsse, damit sie ganz genau wissen, wie das ist, im Miteinander, wie ein gemeinsames Wir sein kann und sein muss und ob es überhaupt wünschenswert sei. Und dann nahm Wolf sie stets in seine starken Arme und küsste sie und flüsterte ihr ins Ohr, dass genau dieses Wir ja das Ziel sei, was er habe und was sie auch wolle, und dann war alles wieder voller Sonnenschein und Mondenglanz oder so ähnlich.

Und so packte Wolfgang in dem kleinen Haus, in dem Helga wohnte, seine Koffer und Kisten aus. Dieses Häuschen war mitten in der Altstadt gelegen, ziemlich klein, das Grundstück hatte nur einen Größe von siebzig Quadratmetern, aber es war hoch gebaut mit insgesamt drei Stockwerken, so dass für zwei Menschen mehr als genug Platz vorhanden war. Und etwaige Kinderträume hatten sie noch nicht, sie wollten sich erst ein finanzielles Polster erarbeiten und noch etwas vom Leben genießen, zum Beispiel Urlaube in fernen warmen Ländern, ehe sie sich eigene Kinder anschaffen wollten. Nach dem Einzug kauften sie sich ein großes Doppelbett und eine Schrankwand für das Schlafzimmer, so konnten beide ihre Kleidungstücke ganz ordentlich aufhängen, wobei allerdings gesagt werden muss, dass Wolf nur einen Teil des Schrankes in Besitz genommen hatte, Helga hingegen brauchte die anderen drei für all ihre Kleider, Pullover und vor allem die Schuhe.

Davon hatte sie reichlich. Wolfgang fand es immer wieder erstaunlich, dass eine Frau so viele Schuhe haben und auch benutzen konnte. Und dass Helga jedes Mal, wenn sie in einer anderen Stadt oder auch nur am Wochenende beim Bummel durch die kleineren Ortschaften an der See schlenderten, vor jedem Schuhladen stehen blieb, um hinein zu schauen, und wehe, wenn dann am Schaufenster die magischen Worte SCHLUSSVERKAUF oder WEGEN GESCHÄFTSAUFGABE GROSSER AUSVERKAUF geschrieben stand, dann war Helga nicht mehr zu halten, dann musste sie einfach in den Laden und dort probierte sie und probierte ein Paar Schuhe nach dem anderen. Anfangs war es Wolf noch nicht recht gewesen, und er hatte etwas von Sparsamkeit und zwanghaftem Verhalten gemurmelt, aber Helga hatte ihm dann mit sehr weiblichen Argumenten bewiesen, dass es doch wesentlich günstiger war, jetzt und hier die guten Schuhe für günstiges Geld zu kaufen als bis zum Herbst zu warten und dann die sicher teureren Preise zahlen zu müssen. Und außerdem, alles was sie sich jetzt leisten würden, das bräuchte sie ja später nicht neu zu kaufen, und sie pflegte ihre Schuhe und ging sorgsam mit ihnen um, so dass sie auch bei jedem Modewechsel ganz up to date war; denn ob es auf den Bildern in den Gazetten mit den kurzen oder langen Röcken war, oder den schwarzen und bunten Blusen, alles in der Mode kam wieder, manches schon nach vier Jahren, anderes erst nach zwanzig, aber Helga hatte es alles schon im Schrank, was auch immer gebraucht wurde. So war sie für jede Gelegenheit gerüstet, und bei so mancher Feier machte sogar ihr Chef, Herr Brüggemann jr., ihr Komplimente wegen ihrer Kleiderauswahl. Und weil ja zu der gediegenen Kleidung auch eben das notwendige Schuhwerk gehört, sammelten sich eben so viele Schuhe an; die benötigten einen eigenen Schrank,

Wolf nannte diesen immer Helgas Werkzeugschrank, denn so wie er seine Werkzeuge in einer großen tragbaren Kiste untergebracht hatte, in der dann neben Hammer, Zangen und Nägeln viele Sorten von Schrauben und Schmirgelpapier neben Meißeln, Raspeln und Schraubenziehern lagen, so waren für Helga ihre Schuhe ihr unentbehrliches Werkzeug, mit denen sie durch die Tage ging und auch durch die Nächte; denn natürlich hatte sie auch Schuhwerk für Galadiners oder Tanzveranstaltungen, wenn sie diese Sorte Schuhe auch nicht so gern trug, weil sie an einem langen Abend dann doch hier und dort drückten; denn ein Schuh sollte ja nicht nur passen, er sollte vor allem auch gut am Fuß aussehen und ein schönes Bein formen, und oft gab es für bestimmte Schuhe, die man zu Feiern trug, nur kleinere Größen. Oder, um es mit den Worten einer berühmten Dame aus Hollywood zu sagen: Es gibt eben Schuhe, die trägt man nur, aber man geht nicht darin herum.

*

So durchlief Wolf das dritte Lehrjahr ohne allzu große Schwierigkeiten, der Chef war immer mehr von ihm beeindruckt und auch die Abschlussprüfung war für Wolf kein Problem und so stand er eines schönen sonnigen Tages in schwarzem Anzug mit der Urkunde in der Hand und war nun ein wohlbestallter hanseatischer Kaufmann. Das wurde natürlich gefeiert, und zwar fuhren sie vom Stadthafen mit dem kleinen Passagierdampfer nach Travemünde und dort ging es in ein gemütliches Fischrestaurant und es gab reichlich zu essen und zu trinken und am Abend, wieder zurück in der Stadt, setzten sie die Eltern in ein Taxi und dann schlenderten Helga und Wolf Arm in Arm glücklich und zufrieden in ihr Heim.

Wolf trat auch in den CCW ein, den Canu Club Wakenitz

von 1923, in dem Helga seit längerem schon Mitglied war. Das hatte den Vorteil, dass sie billiger ihre Boote ausleihen konnten und bei Engpässen als Mitglieder bevorzugt wurden, wenn es mit der Anzahl der zu verleihenden Boote knapp wurde. Und auch die Frage der Kosten für Ausrüstung oder passende Kleidung war jetzt als Mitglied des CCW leichter zu bewältigen, denn sie konnten so über den Club vieles günstiger weil mit Rabatt bekommen. Und dann gab es noch die gemeinsamen Clubausflüge, die Touren gingen über die gesamte mecklenburgische Seenplatte bis nach Berlin; im Sommer wurden auch Canutouren als Expeditionen in den schwedischen oder norwegischen Seen und Flüssen angeboten, und ganz mutige fuhren nach Kanada zum Caooing, bis hoch nach Alaska zu den Rentieren oder, wie der alte Wilhelm gern erzählte, zu den immer hungrigen Wölfen am Rande des Eismeeres.

Aber Wolf und Helga waren es schon zufrieden, wenn sie für ein Wochenende auf den heimischen Seen und Flüssen entlang gleiten konnten, die Nacht im Zelt unter einem Sternenhimmel verbrachten, den man außerhalb des Lichtscheins der Städte auch richtig sehen konnte. Wenn da nur nicht die vielen Mücken gewesen wären, Wolf ging es damit ja noch gut, aber Helga hatte wohl süßes Blut, wie sie meinte, denn zu ihr kamen die stechenden Quälgeister in hellen Scharen und sie musste sich jeden Morgen noch vor dem Aufstehen von Kopf bis Fuß einsprühen, und wenn dann Wolf nach dem Frühstück ihr einen Kuss gab, meinte er lachend, dass sie fast nur noch nach Chemie schmecke.

Im gleichen Jahr in dem Wolfgang volljährig wurde, bestanden Caro und Mecki ihr Abitur. Das wurde natürlich groß gefeiert mit Tanzkapelle und großem Buffett in der Gemeinnützigen. Wolf durfte mit Helga auch dazukommen und es war eine richtig festliche Ballnacht; die Damen meist in leuchtenden Roben, und der Mode gehorchend gab es ganz lange Kleider und ganz kurze, das lag wohl auch an den Bewertungen, die die Mädchen selbst von ihren Beinen hatten. Auf jeden Fall war die kleine, aber lustigere Feier am nächsten Wochenende im Fischerlokal in Schlutup für alle viel reizvoller und vor allem gehaltvoller, denn auf der offiziellen Veranstaltung wollten alle doch die Contenance bewahren, wie Caros Mutter hoheitsvoll nach dem dritten Glas Sekt geäußert hatte, sie selbst saß auf ihrem Stuhl, als wäre sie noch in ein geschnürtes Korsett geklemmt wie zur Jahrhundertwende.

Nach dem bestandenen Abitur verließ Mecki die Stadt, sie hatte einen Studienplatz in Heidelberg bekommen und zog mit ziemlich viel Heimweh und einem alten Schrankkoffer, begleitet von ihrer Freundesclique, zum Bahnhof und bestieg den Zug nach Hamburg. Als der um die Kurve verschwand, seufzte Caro und meinte nur, dass jetzt wohl vieles anders werden müsse, denn bislang war ihre Freundin Mecki immer da gewesen, an allen guten und schlechten Tagen, und sie rief noch vom Bahnhof aus Wolf in seinem Büro an und weinte am Handy und wollte nur getröstet sein. Aber er hatte gleich einen Termin in der Bank und musste mit dem Chef wegen der Ladung Langholz aus Schweden und einiger Unklarheiten bezüglich einiger Wechsel zum Bankvorstand. Er konnte also im Moment Caro nicht helfen, aber er lud sie ein, am Abend zu ihnen zu kommen, denn er hoffte, zusammen mit Helga würden sie Caro schon wieder aufrichten können. Caro jedoch lehnte ab, sie wollte all das Mitleid nicht, das sie ihren beiden Freunden unterstellte. Im Grunde aber hätte sie sich gern in Wolfgangs Arme geflüchtet, nur da war ja diese Helga. Und das alles zusammen, Wolf in Helgas Armen und Meckis Weggang, das war zu viel. Caro flüchtete sich also mit einer Flasche Korn in ihr Bett und gab sich ihrer tiefen Einsamkeit hin. Immer wieder heulte sie laut los über die Ungerechtigkeit der Welt im allgemeinen und die Bösartigkeit des eigenen Schicksals im besonderen, also all diese trüben Gedanken gingen ihr durch den Kopf, bis sie endlich voll des billigen Alkohols in ihre Kissen zurücksank und leicht schnarchend ihren Rausch und ihre Traurigkeit ausschlafen konnte.

*

Im nächsten Jahr gelang Wolf ein großer Schachzug: Er hatte schon lange mit Dieter an einem speziellen IT-Problem herumgebastelt und nun schien es so, als sei ihnen der Durchbruch endlich gelungen. Dieter war der technisch begabtere Kopf, Wolf hingegen kam aus der Praxis und wusste genau, was man im Ablauf von Prozessen zu deren Optimierung im Sinne der bürokratischen Kaufleute alles benötigte und welch Daten relevant und welche nur Augenwischerei waren. Er hatte in Estland eine Firma gefunden, mit der das Kontor auch in geschäftlicher Beziehungen stand, und nach Rücksprache mit Herrn Brüggemann jun., seinem Chef, hatte dieser keinerlei Einwände, wenn er nur sein sozusagen eigenes Start-Up Unternehmen außerhalb der im Kontor üblichen Dienstzeiten abwickele. In Tallin hatte er den jungen Hendrick kennengelernt, der geradezu ein Computerfreak war. Mit diesem besprach er nach der geschäftlichen Abwicklung für das Kontor dann seine eigenen Ideen und die Vorstellungen des jungen Esten zeigten sich mit denen von Dieter und ihm, Wolf, ziemlich übereinstimmend, die neuen Formeln waren durchaus auf beiden Seiten compatibel und so kam es, dass Wolf schließlich seine neue Idee mit Hendrick zusammen als eigenes Modell auf den estnischen Markt brachte, quasi ein länderübergreifendes Start-Up Unternehmen, wie es auf neudeutsch so großspurig hieß, und schon nach kurzer Zeit war die Nachfrage aus der IT-branche so groß, dass sie einen regelrechten Boom hervorgerufen hatten und so kam es, dass bald gutes Geld in ihre Taschen floss und Wolf endlich mit Helga über eine feste Beziehung, also über ihre Heirat, reden konnte. Denn nun war er nicht ganz unvermögend und sogar in den USA zeigte man mehr als Interesse an der Erfindung und Dieter wurde sogar eingeladen von der weltweit operierenden Firma Microsoft, um ihre neue Erfindung zu präsentieren. Sie verkauften dann die Lizenz an Microsoft und nun hatten sie eine regelmäßige Einnahmequelle und konnten recht ordentlich davon leben. Also erschien jetzt der Zeitpunkt gut gewählt, die Beziehung zu Helga zu legalisieren.

Sie machten im Standesamt einen Termin aus und so mancher Abend sah Wolf und Helga am Wohnzimmertisch zusammensetzen und über lange Listen brüten, wer sollte oder musste eingeladen werden, wer sollte wo an der Tafel sitzen und neben wem und wer konnte mit wem oder eben nicht und was war mit der Tante, die keine Raucher abkonnte und vor allen, wo wollten sie feiern und dann das Menu, was sollte es geben an diesem großen Tag, und so grübelten sie hin und her, bis sie endlich nach heftigen Diskussionen eine gute Lösung für all diese Problemchen gefunden hatten, wie sie beide fanden.

Sie planten nur eine standesamtliche Trauung und anschließend ein festliches Mahl im Restaurant Müggenbusch. Sie wollten vom Standesamt mit einem gecharterten Touristenboot aus der weißen Flotte und ihren Gästen auf der Wakenitz zum Restaurant fahren und dann lange tafeln. So geschah es dann auch, von Helgas Seite kamen nur ein paar Cousinen aus dem hessischen mit ihren Männern und Kindern, die durften dann auch vor dem Standesamt Reis und Blütenblätter über das Brautpaar schütten; die Bootsfahrt wurde mit der Rede von Wolfs Vater verkürzt und es gab Sekt an Bord. Im Restaurant hatten sie eine große Erdbeertorte mit Schokoladenaufschrift »Dem Paar alles Gute« im Eingangsbereich des Saales platziert und dann wurde gespeist und getrunken und Hans-Joachim legte Musik auf, den

Eröffnungswalzer tanzten die glückliche Helga und der fröhliche Wolf und dann immer mehr, bis endlich fast alle sich auf der Tanzfläche drehten und lachten und bei den alten Schlagern lauthals mitsangen. Sogar Wolfgangs Mutter saß in ihrem nachtblauen Samtkleid mitten in der Menge und trank fröhlich ein paar Schlückchen Wein. Es ging ihr wieder deutlich besser, und die Hochzeit ihres Sohnes war wie eine große Tüte Gesundheit, es gab ihr zumindest an dem Abend den Elan wieder, sie konnte sogar gegen Ende der Feierlichkeiten mit Wolfs Vater einen langsamen Walzer wagen. Für alle war es ein gelungenes Fest, auch Wolfgangs Chef, Herr Brüggemann jr., der mit Gattin und Sohn ebenfalls eingeladen war, fand alles ganz bezaubernd und meinte launig, dass es vielleicht sogar ganz gut für das Kontor sei, wenn die Angestellten sich heirateten, denn dadurch würde die Verbundenheit mit der Firma doch wesentlich größer, oder nicht?

*

Die einzige, die nicht bei der Hochzeit anwesend war, war Caroline Fischer. Sie hatte zwar auch eine Einladung erhalten, aber nach einem heftigen Weinkrampf stieg in ihr so eine leise Wut empor, denn schon wieder bekam dieser Wolf alles und sie hatte nichts. Alle anderen durften froh und glücklich sein, nur sie schlief immer hinten. Caro hatte nach dem Abitur zunächst im Jugendwerk als Freiwillige gearbeitet, aber nun beschloss sie, die Stadt zu verlassen, und was lag da näher, als in einem anderen Bundesland zu studieren. Sie hatte lange überlegt und dann beschlossen, sie würde sich in Kassel zur Grundschullehrerin ausbilden lassen. Dann wäre sie hier aus allem raus, eine neue Stadt, neue Leute kennenlernen, eine neue Aufgabe, und schon nach relativ kurzer Zeit hätte sie einen Beruf und sicher auch eine gute Anstellung, außerdem, wusste man ja, Lehrer haben immer so viele Ferien wie sonst kein anderer Berufszweig. Caro packte also ihre Koffer und dann ab nach Kassel. Sie kam nur noch gelegentlich zurück zu den Eltern, bei runden Geburtstagen und dann zur Beerdigung ihres Vaters. Das war die Gelegenheit, an der sie alle alten Freunde noch einmal sah und auch Wolf und Helga, die ihr miteinander so zufrieden erschienen, dass sie nur kurz mit ihnen reden konnte und wollte. Insgesamt bestärkten die Besuche in der alten Heimat ihre Ansicht, dass sie damals doch richtig gehandelt hatte, als sie wegging und sich für sich selbst ein neues Leben mit neuen Freunden aufbauen musste.

Sie selbst lernte in der Referendariatszeit, die sie an einer Grundschule im Südhessischen verbrachte, einen jungen Mann kennen, den Rudolf, der sich sofort in Caros Gang verliebte, wie er ihr anlässlich eines Karnevalabends erklärt hatte. Sie war mitsamt dem Kollegium zu einer der Sitzungen des örtlichen Karnevalvereines geladen worden, so etwas kannte sie nicht, denn, wie sie eher stolz zu sagen pflegte: Wir bei uns im Norden schauen genauer hin und machen dann alles klar und dann läuft es schon rund.

Karneval oder Fasching oder auch die Kostümierungen im Betrieb, im Bus oder den Geschäften, die in den südelbischen Provinzen in der närrischen Zeit an der Tagesübung waren, das auf Kommando herausgebrüllte Helau oder Alaaf erschien Caro immer so gewollt, und sie verstand erst im Laufe der Jahre, dass aus alter Zeit dieses närrische Treiben vor der Fastenzeit in den meist streng katholischen Ländern zum Lebensrhythmus der Menschen gehörte und vor allem auch im Ablauf des Kirchenjahres fest eingeplant war.

Nun war sie aber nicht katholisch, ob sie überhaupt etwas war, sie konnte sich nicht entscheiden, ob sie zu einer der vielen Religionsgemeinschaften gehören wollte; was sie bei Glaubensfragen denken fühlen oder meinen sollte und wollte. Sie sah sich in all den Jahren eher als jemand, den das alles nichts anging, der eher von außerhalb auf all die Rituale und Gebräuche schaut, die von vielen für so wichtig gehalten werden und wurden. Natürlich feierte sie Ostern und Weihnachten wie alle anderen auch, mit Geschenken und dem Hohoho des Nikolaus und sie freute sich, wenn jemand ihr etwas schenkte; sie sah das dann als Anerkennung entweder ihrer Leistungen oder als Aufmerksamkeit für ihre Person an, aber sie verweigerte all den Festlichkeiten im Jahresablauf den religiösen Hintergrund. Aber sie ging dann gemeinsam mit Rudolf am Heiligabend in die Kirche, er war es so gewohnt und fragte auch nicht lange nach, für ihn war es selbstverständlich, und Caro schickte sich drein. Sie vergab sich ja nichts, und in der Gemeinde zusammen die alten Lieder singen und die brennenden Kerzen an den hohen Bäumen mitten im romanischen Kirchenschiff bewundern und dann nach dem letzten Lied der gemeinsame Gang in eine kleine Wohnung, der erste warme Weihnachtskuss, der kleine geschmückte Baum auf dem Tischchen neben dem Fernseher, und Rudolfs warme Hände allüberall auf ihrer Haut und das Erwachen am Weihnachtsmorgen neben ihm, er sah im Schlaf so zufrieden aus, Caro war richtig gerührt. In diesem Augenblick glaubte sie an die große Liebe und sie küsste ihn zärtlich.

Im Sommer, nach ihrer Festanstellung als Grundschullehrerin, heirateten sie, bezogen eine kleine Wohnung in Köln, wo Rudolf immer noch als Student an der Universität eingeschrieben war, in den Fächern Politische Wissenschaften und Geschichte; er studierte seit mehr als fünf Jahren, weil er zwischendurch immer wieder Geld verdienen musste. So sagte er es jedenfalls immer bei Nachfragen. In Wirklichkeit lebte er meist vom Geld seiner Mutter, die ihm immer wieder etwas zusteckte, und so waren seine Besuche bei der Mutter gegen Ende des Monats immer häufiger als am Monatsanfang. Natürlich war er froh und glücklich über die Hochzeit, denn er mochte Caro wirklich gern und dann hatten sie als Ehepaar auch ein festes Einkommen, und wenn sie sich einschränkten hinsichtlich Freizeitvergnügen oder Festivitäten, dann kamen sie schon zurecht mit dem Geld. So lebten sie zufrieden in ihrem Freundeskreis, mit Nachbarn, dem Ablauf der Jahreszeiten und einem kleinen Schrebergarten. Die Freude an Gartenarbeiten hatte Caro von der Mutter gezeigt bekommen, der Großvater hatte immer darauf bestanden, dass diese sich eifrig in der Erde mit dem Pflanzen und den wechselnden Jahreszeiten beschäftigte, denn nach den beiden großen Kriegen war Großvaters Sorge stets die Vorstellung, dass seine Familie gut über den Winter kommen müsse, also war mindestens die Hälfte des Gartens mit Gemüse zu bepflanzen, mit Möhren, Weißkohl, Ranunkeln und Radieschen, Rhabarber und Sellerie und natürlich auch Kartoffeln.

Caro blühte so richtig auf. Im Kollegium war sie voll integriert, ihre Schüler mochten sie und brachten zuweilen kleinere Geschenke für sie mit, der Sex mit Rudolf war angenehm und ausreichend für ihre Bedürfnisse, die Nachbarn, besonders die Gartennachbarn, wurden bald schon zu guten Freunden und sie konnte meist unbeschwert all das machen, was sie sich so vorstellte. Ihre Ursprungsfamilie blieb zumeist ausgeblendet, sie vergaß oft, wie der Vater mit Vornamen hieß oder in Träumen, besonders im Sommer, unter der Last eines heißen Luftstromes unter dem hellen Mond, wenn die eigene Schulzeit plötzlich wieder auftauchte, sah sie die alten Klassenfreunde und Lehrer und wunderte sich am Morgen, wer das alles wohl gewesen sein mochte. Weil sie Rudolf so liebte, fand sie auch nichts dabei, dass er sein Studium eher vernachlässigte. Den Freunden und Nachbarn sagte sie:

Er macht es eben gründlich, und wer täglich die Zeitung liest, der weiß doch auch, wie schwierig so etwas wie Politik sein kann.

Vor den Freunden und Nachbarn entschuldigte sie ihren Mann immer öfter. Und immer öfter kam es vor, dass Rudolf erst sehr spät kam entweder aus einem Seminar an der Uni oder aber er hatte wieder einen Fahrauftrag, zum Geldverdienen fuhr er nämlich Lastwagen quer durch Europa, von Spanien bis Griechenland oder gar in die Türkei. Dann blieb er ein paar Tage fort und wenn er wieder nach Hause kam, war die Freude darüber ziemlich groß und sie feierten bis tief in die Nacht.

Das ging so lange gut, bis Caro eines Tages in Rudolfs dreckiger Wäsche, die sie in die Maschine stecken wollte, in seinen Taschen, die sie wie immer umstülpte, um ja wegen des Waschens kein Tempotaschentuch zu übersehen, einen rosa Minischlüpfer fand. Etwas irritiert durchstöberte sie dann gezielt seine Alltagsjacke, als Rudolf mit dem Wagen zum Einkaufen weggefahren war; in der linken Seitentasche fand sie zerknüllte Rechnungen, eine von einem Motel am Rande der Stadt, ein Doppelzimmer für eine Nacht, und dann eine Restaurantrechnung bei einem Italiener hier in der Stadt, auf der zwei Cocktails standen, zwei Menues und zwei Desserts. Und das alles von letzter Woche, wo er doch angeblich in Tessaloniki gewesen sein wollte. Sie schnüffelte geradezu auch im Jackett herum und meinte, das sei ein völlig fremder Parfumgeruch. Eher so etwas billiges. Es roch für sie nach langen schwarzen Haaren und grellem Lachen, ein weit ausgeschnittenes Kleid sicher, und ein großer Busen, denn sie wusste ja, Rudolf stand auf dicke Brüste.

Die nächsten Wochen beobachtete sie ihren Mann genauer und wenn er mal wieder auf Tour ging, wie er es nannte, dann rief sie in der Zentrale der Spedition an und erfuhr von der offenkundig älteren Frau am anderen Ende der Leitung, dass ihr Rudolf schon seit Monaten keine Fahrten mehr für diese Firma gemacht habe.

Als ihr Mann daher nach ein paar Tagen wieder in ihr Haus trat, angeblich von einer langen harten Fahrt nach Toulouse,

fiel sie ihm um den Hals und herzte ihn und küsste ihn leiden-
schaftlich und dann, später am Abend, meinte sie, dass sie viel-
leicht seine finanzielle Unterstützung brauche wegen einer Versicherung in der Schule. Sie genoss es richtig, wie sie tief in ihrem
Inneren gestand, dass dieses Sich-winden, dieses Nicht-mit-der-
Sprache-herausrücken-wollen, das überraschte Gequengel, sein
Gestammel, als sie ganz konkret von ihm den Lohn für die letzte
Spanienfahrt forderte, weil sie kurzfristig von der Bank keinen
Kredit mehr bekäme, denn ihre Anstellung im neuen Schuljahr,
und das wisse er ja auch aus der Presse, sei im Bundesland unter
den jetzigen Bedingungen einer neuen Regierung nicht mehr so
hundertprozentig gewährleistet. Es endete schließlich damit, dass
er recht kleinlaut sagte, er habe das ganze Geld eben verspielt, in
einem Hunderennen in Barcelona. Er habe eben Pech gehabt.
Aber Caro, sie hatte sich ja schon telefonisch abgesichert, schrie
ihm direkt ins Gesicht, dass er ja wohl eher in seinem bevorzugten
Motel mit seiner Geliebten geprasst habe und er sei aus der Firma
rausgeflogen und er belüge und betrüge sie und nun solle er ge-
fälligst seine Koffer packen und sie gehe morgen zum Anwalt
und reiche die Scheidung ein. Aber unvermutet schrie Rudolf
zurück, er sei schließlich ein Mann und kein kleiner Schüler mehr
und habe eben seine Bedürfnisse, auch in sexueller Hinsicht, und
wenn sie weiterhin so zickig sei und sich gegen gewisse sexuelle
Praktiken so sträube, dann werde sie nie mit irgendeinem Mann,
der noch eine richtiger Mann sei, gut zurecht kommen, dann
würden alle zukünftigen Partner sie fallen lassen wie eine heiße
Kartoffel. Nein, wie eine faule Frucht, das sei eher der Fall. Sie
könne ja nicht einmal ihn zu einem richtigen Orgasmus bringen,
weil sie keine Frau sei, sie sei eben nur eine Art Mutterersatz für
ihre Schüler, sie sei eben innerhalb und außerhalb der Schule eine
Lehrerin, die immer alles besser wisse und ihn auch nur erziehen
wolle und seine eigenen Bedürfnisse zählten eben gar nichts und

sie mache ihn immer nur klein, damit er wie ein dummer Schüler dastehe, und sie stehe dann als tolle große Lehrerin vor ihm und schaue auf ihn herab. Als er dann innehielt zum Luftholen, setzte sich Caro auf die Bettkante und sagte ganz ruhig, dass sie endlich wisse, wie er denn so sei, und dass sie in seinen Augen eben den ganzen Tag und auch in der Nacht nur Lehrerin sei, das werte sie innerlich deutlich auf. Denn zu lehren, besonders wie man zu leben hat und was man tun darf und was nicht und wie man sich bemühen muss, immer mit erhobenem Haupt durch die Welt gehen zu dürfen, das sei schließlich keine Kleinigkeit, das sei der Vorzug, den Lehrer anderen vermitteln könnten, und das versuche sie auch, ihren Schülern zu übermitteln, dass diese auf sich selbst und ihre Leistungen stolz sein dürfen und so mit sich und den Mitmenschen auf Augenhöhe begegnen könnten. Das sei mitunter nicht einfach, aber es erfülle sie mit Stolz und gebe ihr Rückrat, und wenn er eben dieses nicht verstehe, dann müsse er die Konsequenzen tragen und seine Sachen packen. Er sei schließlich nur ein Kraftfahrer und habe nie studiert, er habe eben keinen Sinn für höhere Dinge, er gehöre eben nur zum Bodensatz der Menschheit.

Rudolf schluckte, setzte zu einer Erwiderung an und schwieg dann aber. Kleinlaut packte er seinen Koffer und zog von dannen und ließ eine tief unglückliche heulende Caro zurück.

∗

Nach der für sie alle geglückten Hochzeit lebten Helga und Wolf ein beschwingtes fast sorgenfreies Leben. Da sie auf Flitterwochen verzichtet hatten, bekam Wolf von Herrn Brüggemann jr. ein paar Tage Urlaub auf Geschäftskosten, er fuhr mit seiner Ehefrau nach Tallin und kümmerte sich dort vorrangig um seine eigenen Geschäfte mit dem sehr engagierten Hendrick, der sich auch als Fremdenführer für Helga auszeichnete. Er zeigte ihr all die Besonderheiten der estnischen Hauptstadt, nicht nur die Alexander-Newski-Kathedrale oder das Schloss Katharinental oder das Rathaus, er führte sie auch in das Kreativzentrum der Stadt und dort in Telliskivi, da gab es viele kleine Geschäfte und sogar eine Eiscremefabrik. Helga aber mochte vor allem die Tanzwerkstatt, in der modernes Tanzen geübt und vorgeführt wurde, denn Helga hatte als junges Mädchen auch vom Ballett geträumt. Hendrick führte sie in die Umgebung, zum Beispiel auch zum Schloss von Sangeste und zeigte ihnen vieles, was nur wenigen Einheimischen bekannt war. So saßen sie eines Abends am Lagerfeuer an einem kleinen See und rösteten Kartoffeln und Wildschweinrippchen. Das Gespräch drehte sich um Pop-songs, um den rechten Umgang mit beleidigenden Sprüchen im Internet auf Facebook, sie redeten über die offenen und geheimen Ängste hier an der russischen Grenze vor dem übergriffigen und übermächtigen Russland, über neue Ideen für ihre IT-Erfindungen, Hendrick erklärte zwischen zwei Bissen kurz die schwierige Geschichte Estlands und der anderen beiden Staaten Lettland und Litauen und wie sie alle zueinander gefunden hatten vor allem durch den gemeinsamen Druck gegen die Besatzer. Wolf kam es anfangs merkwürdig vor, dass Hendrick immer nur von den Besatzern redete, aber nachdem er so einiges vom Ablauf der besetzten Zeit erfahren hatte, was Hendricks Familie widerfahren war, wie viele seiner Verwandten in Gulags und Gefängnissen gefoltert und gestorben waren, da verstand er allmählich den tiefen Groll, der in Hendrick schlummerte und nur selten hervorbrach. Dass auch die Deutschen dereinst als Besatzungsmacht aufgetreten waren, spielte keine Rollte mehr. Heute waren die Deutschen alle hochwillkommen, bei der Bevölkerung wurden die deutschen Soldaten, die als Teil der NATO hier an der russischen Grenze ihren Dienst versahen, sehr gut angesehen.

Der Abend ging ins Land und Hendrick unterhielt seine Gäste mit Märchen und Sagen aus dem Estischen, häufig mündlich überliefertes Volksgut. Und dann stellten sie fest, dass einige der Märchen eine gemeinsame Wurzel mit der Grimmschen Märchenwelt hatten und andere völlig fremd waren, die waren eher dem slawischen Kulturgut zuzuordnen. Als viele Sterne am Himmel funkelten, kamen noch vom See ein paar Esten hinzu, die mit drei, vier Ruderbooten eine Herrentour durch ihr eigenes Land machten und so nebenbei sich nach geeigneten Plätzen umsahen, auf denen sie eine neue Fabrikanlage für Computerteile und oder zur Chipherstellung errichten konnten. Und wieder einmal war Wolf sehr beeindruckt von der Vielseitigkeit dieser Menschen, die Vergnügen und Arbeit miteinander so zu verzahnen wussten, dass fast alles gleich erschien, oder, wie Hendrick meinte: wir leben es einfach, denn was haben wir sonst, wir haben unseren Kopf, den wir benutzen wollen und müssen und unsere Bedürfnisse und all das, was unsere Vorfahren uns gelehrt haben, was gut ist und was nicht; was schön ist und was hässlich, und es ist wie oft bei unseren Müttern in der Küche, es gibt Eintöpfe, die sind schmackhaft und anderes, was erst gewöhnungsbedürftig ist, all das in einem Topf, so wie in uns, alles ist in uns und wir können entscheiden, was wir damit machen. Es ist wie beim Fernsehen, da gibt es Hunderte von Programmen und wir wählen aus, was wollen wir anschauen und was nicht, und wollen wir überhaupt fernsehen oder doch etwas anderes machen. Einfach das Leben, so ist es.

Wolf und Helga fuhren voller bunter Eindrücke mit dem Zug zurück und dachten noch so manches Mal an die Zeit mit Hendrick in Estland.

∗

Vier Jahre später bekam Wolfgangs Mutter anscheinend einen Rückfall, sie musste in schnell die Sanaklinik auf die Intensivstation eingewiesen werden und wurde am Abend noch beatmet, Wolfs Vater saß auf den Plastiksitzen vor der Station und zerknetete seine Hände. Helga und Wolf waren gleich nach der Arbeit hingefahren und warteten auf den Stationsarzt, der noch in der Gefäßsprechstunde war. Die nette Schwester kam von Zeit zu Zeit vorbei und sagte etwas belangloses wie: Es wird schon werden! und Machen Sie sich keine Sorgen! oder Sie ist hier in guten Händen. Was man halt so zu ungeduldigen Angehörigen sagen soll, wenn es eigentlich nichts zu berichten gibt. Endlich kam der Arzt und er setzte sich zu ihnen und berichtete, dass Wolfgangs Mutter einen Schlaganfall erlitten habe und dass sie dann versucht haben, den Thrombus im Hirn aufzulösen, der die akute Erkrankung verursacht hatte. Das war auch gelungen, nur leider war durch die Stauung und die Durchlässigkeit der Gefäße schon ein Grossteil des Hirnes in Mitleidenschaft gezogen worden, so dass die Mutter nicht mehr selbständig atmen konnte. Man habe sie in ein künstliches Koma versetzt und müsse nun eben abwarten, bis der Druck im Hirn unter der Medikation und mit Hilfe der Infusionen sich soweit verringere, bis sie dann wieder aufwachen könne. Am Besten sei es, wenn alle nach Hause gingen, die Klinik werde dann anrufen, wenn es etwas Neues gäbe, hier würden sie ja nur sitzen und Däumchen drehen können, und so seien sie zu Hause doch besser aufgehoben.

Also fuhren alle nach Hause. Wolf und Helga blieben zunächst beim Vater und Helga machte ein paar Scheiben Brot zurecht, kochte Tee und sie saßen alle in der Küche und schwiegen vor sich hin. Der Vater war wie versteinert und schlürfte gelegentlich seinen Tee, Wolf fühlte sich äußerst unbehaglich und hielt sich an Helga fest.

Seine Mutter würde nicht wiederkommen. Das spürte er. Er

drückte Helgas Hand ganz fest und dann liefen ihm doch die Tränen. Er dachte an die Freude, die seine Mutter gezeigt hatte, als er seinen Anstellungsvertrag bei Brüggemann bekommen hatte und ihn stolz der Familie präsentiert hatte. Oder bei der ersten Vorstellung von Helga, er hatte sie mitgebracht und Helga hatte so starke Herzklopfen, sie fürchtete sich vor der Begegnung mit Wolfgangs Eltern, ob sie denn auch als Schwiegertochter genügen würde, und dann hatte die Mutter sie einfach in die Arme genommen und sie als ihre neue Tochter willkommen geheißen und von da ab war alles nur noch Freude und Wohlgefallen zwischen den beiden gewesen. Die Mutter hatte später des öfteren gesagt, sie selbst sei so unsicher gewesen, als Wolfs Vater um ihre Hand abgehalten habe bei ihren eigenen Eltern und daher wisse sie, wie das so sei mit den Ängsten vor den Schwiegereltern, und außerdem sei Helga ja eine gestandene Frau und habe so ein herziges Lachen, da müsse man sie doch einfach gern haben.

Und nun lag Mutter im Koma. Der Vater rührte sich nicht, er saß die ganze Nacht vor seiner Teetasse am Küchentisch und stierte vor sich hin. Wolf vermutete, dass es ihm ähnlich erginge, dass auch er im Gedankenkarussell so mancherlei Bilder der gemeinsamen Zeit heraufbeschwöre und seinen Schmerz und vor allem auch seine Angst einzusperren versuchte. Gelegentlich nickten sie ein, wenn auch zu verschiedenen Zeiten, auf ihren Stühlen. Helga schlief mit dem Kopf auf ihrem Arm auf der Tischplatte, die andere Hand fest in der von Wolf verkrampft.

Gegen sieben Uhr morgens klingelte das Festnetztelefon. Wolf reckte sich, dann nahm er den Hörer ab und hörte aus der Klinik die Stationsschwester, die ihm den Tod seiner Mutter mitteilte. Die Mutter sei gegen sechs sanft eingeschlafen, so sagte sie.

Die nächsten Tage verbrachte die Familie wie in einem gläsernen Unterseekäfig: der Vater saß einfach nur da, wie ein zerfallender Baumstamm, Wolf und Helga mussten sich um alles andere kümmern, da war der Besuch beim Bestatter, der ihnen schon sehr an die Nieren ging. Dieses zwar notwendige aber dennoch so quälende Aussuchen von Sarg und Sargausstattung und dazu das leise, aber ständige Gerede des Beerdigungsunternehmers, der seine Waren anpries wie Wolf es sonst nur auf den Jahrmärkten von den Bananenausrufern oder Räucherfischfischverkäufern kannte. Er war froh, als sie endlich einen Vertragsabschluss mit dem Bestatter gemacht hatten und wieder nach Hause konnten. Helga war ihm eine große Stütze. Die Nachbarn bekochten sie und brachten das Mittagessen, und sie konnten schon wieder etwas zu sich nehmen, wenn auch nur wenig. Im Kontor hatte Wolf ein paar Tage Urlaub genommen und auch ohne Mühe bekommen; abends ging er oft mit Helga Hand in Hand am Wasser entlang. Wenn er sich hinlegte, kamen die Gedanken stärker. Er sah seine Mutter vor sich, wie gern sie gelacht hatte, wie fröhlich sie am Steuer des ausgeliehenen Autos gesessen hatte, als sie mit ihm an die Weser zu ihrer alten Schulfreundin gefahren war, nur Mutter mit Wolfgang; und am Fluss in einer kleinen Wirtschaft hatten sie angehalten und gebratenen Aal gegessen und er durfte sogar schon als Schulkind ein Glas Radlermaß oder Alsterwasser trinken, also Bier mit Brause. Und sie zeigte ihm das Haus von Münchhausen, ein eher ausgebautes Fachwerkhaus heute mit einem Lokal und festen Besichtigungsterminen, oder auf den Mauern von Kloster Corvey neben der Mutter über das Land schauen und ihr zuhören, wie sie von früher erzählte, da hatte sich Wolf so geborgen gefühlt und gleichzeitig so wichtig, er und Mutter, eine richtig verschworene Gemeinschaft. Und wenn sie ihm das Haar zerwuselte oder auch nur ihre warme Hand auf seinen Arm legte, das war pures Glück.

Wolf erzählte an diesen Tagen Helga oft von diesen Stunden mit Mutter.

Wie sie ihm den ersten richtigen Anzug mit langen Hosen gekauft hatte. Oder wie stolz sie gewesen war, als er ihr das

Abschlusszeugnis, den Gesellenbrief der Handelskammer gezeigt hatte, Jetzt war er ein ehrbarer Kaufmann der Hansestadt. Außerdem war er damals als Landesbester bewertet worden und erhielt zu der Urkunde noch ein Buchgeschenk und ein Sparbuch als Anerkennung der Kaufmannschaft. Seine Mutter war richtig stolz auf ihn gewesen, fast so stolz wie bei seiner Hochzeit mit Helga, als sie als Mutter des Bräutigams direkt hinter dem Brautpaar aus dem Standesamt schreiten konnte und auch etwas von dem hochgeworfenen Reis in die neu getönte Frisur abbekommen hatte. Aber Wolf konnte auch von den Sorgen berichten, von den Ängsten, die seine Mutter immer wieder gequält hatten. Ob sie denn auch wieder ganz gesund werden würde, ob sie denn im Falle des Falles wirklich ihre beiden Männer allein lassen könne. Dass sie sich doch immer wieder bemüht hatte, dem Vater alles recht zu machen. Wie der um sie geworben hatte, damals, als sie noch über die Breite Strasse flaniert war und mit ihrem Sonnenschirm den Kavalieren zugezwinkert hatte und sich dann doch für den einzig soliden unter denen entschieden hatte, wie sie die ersten Strandurlaube genossen hatte und dann nach der Geburt von Wolfgang dessen erste Schritte eingeübt hatte und wie enttäuscht sie gewesen war, als sie hören musste, dass die ersten Worte ihres geliebten Sohnes nicht Mama waren, sondern Auto! Wie Wolfgang zu Mutters Geburtstag oft im Stadtwald Anemonen gepflückt hatte, um ihr diese um den Frühstücksteller zu legen und dann mit Vater gemeinsam das Hoch-soll-sie-leben zu singen.

*

Von guten Mächten treu und still umgeben,
behütet und getröstet wunderbar,
so will ich diese Tage mit euch leben
und mit euch gehen in ein neues Jahr.

Mit diesem Lied von Bonhoeffer begann der Trauergottesdienst an einem sonnenreichen Donnerstag. Diese Lied hatte die Mutter sich noch selbst gewünscht.

Wolfgang hätte nicht gedacht, dass so viele Menschen zu der Trauerfeier anlässlich der Beerdigung seiner Mutter kommen würden. Er führte seinen Vater, der stumm und fast apathisch vor sich hin blickte, an den für die Familie frei gehaltenen Platz in der ersten Reihe, an der anderen Seite half Helga als Stütze. Sie schauten auf den mit weißen Rosen geschmückten schlichten Buchensarg, in dem Mutter nun lag. Zwölf hohe weiße Kerze brannten rings um den Sarg, zu dessen Füßen verschiedene Kränze drapiert waren. Wolf hörte hinter sich das Gescharre der Schuhe und das leise Flüstern der Trauergäste, dann läutete der Küster die Sterbeglocke der kleinen Kapelle des Waldhusener Friedhofes. Leise begann die kleine Orgel zu spielen, der Pastor kam aus dem Nebenraum und stellte sich neben dem Sarg auf, schaute ernst und lange auf den Vater, den Sarg und Wolfgang, dann sangen alle »Befiel Du Deine Wege ...«

Mit volltönender Stimme zeichnete der Pastor dann den Lebensweg von Wolfgangs Mutter nach, ein kurzes Orgelspiel, das gemeinsam gesprochene Vaterunser, noch ein letztes Lied und dann schritten die Sargträger heran in ihren schwarzen altertümlichen Uniformen mit Dreispitzen und nahmen den Sarg auf ein Rädergestell und alle folgten Sarg und Pastor zu der Grabstätte am Rande der Steinmauer unter hohen Eiben. Der Sarg wurde herabgelassen in die Grube, ein letzter Segen des Geistlichen, dann traten alle nacheinander ans Grab und warfen eine Handvoll Erde oder Blumen hinein.

Für Wolfgang das Schwierigste war dieses Stehen neben der offenen Grube und das Schütteln der Hände all derer, die vorbeizogen und ihre Anteilnahme bekunden wollten. Der stumme Vater schien alles nur wie aus weiter Ferne wahrzunehmen.

Helga und Wolf waren sehr froh, als der letzte der Trauergäste sich verabschiedet hatte, dann gingen sie in das Restaurant, wo schon alles vorbereitet war und die Gäste bei Kaffee und Butterkuchen wieder laut reden durften und mitunter sogar ein Lachen zu hören war. Wolfgang und Helga gingen umher und setzten sich auch zu der einen Gruppe oder der anderen, die Nachbarn waren gekommen und ein paar alte Arbeitskollegen des Vaters, die saßen nun bei ihm und tranken Kaffee und Korn. Sie redeten von alten Zeiten und vom Laufe der Dinge und wie vergänglich doch alles sei und wie schnelllebig die heutige Zeit und überhaupt und man sollte doch mal wieder zusammenkommen und öfter sich treffen und von den guten alten Zeiten und wie gern sie doch gelebt und wie gut sie all die Fährnisse der Zeit überstanden habe. Wolf schwirrte der Kopf von Namen und Geschichten, er schaute immer wieder zum Vater, der meist still vor seiner Kaffeetasse saß und nur gelegentlich ein Wort an seine alten Kumpel richtete.

Das Leben lief nach der Beerdigung seiner Mutter merkwürdigerweise für Wolf ganz normal weiter, obwohl er häufiger als früher noch in seinen Gedanken an Erlebnisse mit seiner Mutter und deren gutgemeinte Sprüche denken musste. Aber die Erfordernisse des Alltags und insbesondere die politischen Ereignisse in Tallin mit seinem Unternehmen dort verlangten mehr als früher seine ganze Aufmerksamkeit und so versank die Trauer um seine Mutter und die Erinnerung an das Begräbnis zunehmend in den Tiefen seines Gehirns. Nur bei den gelegentlichen Besuchen bei seinem Vater drangen die Vorstellungen oft genug wieder an die Bewusstseinsoberfläche, aber da es meist nur erfreuliche Bilder und Gedanken waren, belasteten sie Wolf nicht.

Mit Helga lebte er ein eher ruhiges Dasein, sie besuchten Freunde, gingen zu Konzerten und fuhren in den Urlauben nach Schweden oder Teneriffa und einmal machten sie eine Kreuzfahrt die ganze Ostseeküste entlang. Polen, Schweden,

Finnland, dänische Inseln, und landeten wieder in Kiel. Wolf bekam seine Prokura im Kontor, Herr Brüggemann junior zog sich zunehmend aus dem eigentlichen Geschäftsbetrieb zurück und überließ das Arbeitsfeld mitsamt der Kundenbetreuung Wolf und Helga, die sich mit den Holzlieferungen aus Finnland, dem Papierimport aus Schweden oder der Einfuhr von Elchfleisch und Fischen, vor allem Lachs aus norwegischen Zuchtfischfarmen, beschäftigen mussten. Die Computerprogramme aus Estland ließen sich gut in Europa verkaufen und so hatten Wolfgang und Helga keine Geldsorgen mehr. Aber sie lebten weiterhin in ihrer kleinen Wohnung, denn Helga meinte, sie bräuchten ja nicht viel mehr an Platz, eine Villa mit hohem Baumbestand und Rosenbüschen und englischem Rasen wäre ja vielleicht repräsentabel, aber zum Rasenmähen kämen sie bei all ihrem Engagement sowieso nicht, wenn sie weiterhin im Sportverein oder bei Rotary ihre Aufgaben erfüllen wollten.

*

Gelegentlich bei einem Glas Rotspon dachten sie mit ein wenig Wehmut an die entgangene Möglichkeit, eigene Kinder großzuziehen, nicht dass sie es nicht versucht hatten, aber es hatte sich herausgestellt, dass Helgas Eierstöcke nicht richtig funktionierten. Sie hatten sich damit abgefunden, keine Kinder bekommen zu können und dieses Leben nur mit ihnen zwei beiden war auch sehr erfreulich; und sie wurden zunehmend bei all ihren Freunden und Verwandten zu den Kinderbetreuern, die vorwiegend abends auf Kinder aufpassten, wenn deren Eltern zu einer Veranstaltung mussten oder wollten. Das verstärkte die Beziehungen und war auch für die Kinder ein großes Vergnügen, denn Wolf erzählte wesentlich andere Gute-Nacht-geschichten als die eigenen Eltern. Und für die beiden war es auch immer eine Freude, wenn sie wieder zu Hause waren, freuten sie sich, dass es bestimmte Seiten der Elternschaft gab, die sie zum Glück nicht erleben brauchten.

Helgas Leidenschaft für gute Bücher war ungebrochen und so fuhren sie dann im Frühjahr zur Leipziger Buchmesse und mischten sich unter die vielen tausend Menschen, die durch die hohen Hallen schlenderten und sich die Neuerscheinungen der Verlage beschauten und bei den Interviews der Autoren in der Menge standen und mitunter auch mit den anderen applaudierten. Kurze Fahrten nach Tallin, Wochenenden auf Rügen oder Helgoland und das Heidschnuckenfest in Schneverdingen waren ihnen eine Reise wert. Helga besuchte sehr gern Museen, sie mochte den kleinen Ort Fischerhude; dort konnte sie in aller Ruhe die Bilder von Vogeler, Otto Moderson und seiner Frau Paula Moderson-Becker anschauen.

Wolf ging lieber ins Völkerkundemuseum, er interessierte sich besonders für asiatische Kultgegenstände und indigene Rituale, insbesondere aus dem pazifischen Raum, er las auch seine alten Kinderbücher von Wörrishofer und Gerstäcker wieder, in denen es von Menschenfressern und Piraten nur so wimmelte. Diese Faszination von Gewalt und Lust, von Grausamkeit und Erbarmen, von Hass, Liebe und Verrat, also die, wie er es nannte, schwarze Seite von ihm selbst, die er nur zu gut kannte und immer wieder unterdrücken musste, besonders bei lauten und unzufriedenen Kunden, denen er mit ruhigem Antlitz gegenüber saß und innerlich in seiner Fantasie den jeweils anderen am Marterpfahl röstete oder auf die Streckbank legte, es bereitete ihm nicht immer großes Vergnügen, aber es half ihm über manch schwieriges Gespräch mit anstrengenden Kunden hinweg; besonders bei den viel zu schnell zu viel Geld gekommenen jungen Neureichen mit ihren nie zufriedenstellenden Ansinnen und Wünschen waren solche Anfechtungen seines guten Benehmens; zum Beispiel bei diesem Herrn Blowicky, mit »Y«, wie er immer zu betonen pflegte. Er wollte damit seinen polnischen ehemaligen Adelstitel unterstreichen. Geschäftlich ging es bei ihm um eine Ladung Holzspäne, die zur Herstellung von großen Spanplatten vorgesehen waren, und diese Späne wollte er gern im Hafen in einer Halle lagern lassen, aber er war nicht bereit, das erforderliche Lagergeld zu zahlen; er war der Meinung, dass der Schiffstransport auch die Lagerung im Hafengelände mit einschließe, er wolle außerdem erst bei Lieferung bezahlen, das bedeutete, er wolle je nach Lust und Laune das Ladegut so lange dort liegen lassen, wie es ihm in den Kram passe und erst dann pro Lastwagenladung die Fracht bezahlen. Wolf hätte sich so auf mehrere Wochen festlegen müssen, ohne genau kalkulieren zu können. Für den ehrenwerten Herrn Blowicky schien das völlig im Rahmen der üblichen Geschäftsgebräuche zu sein, aber da er für Wolfgang und das Kontor ein Neukunde war und nur unzureichende Referenzen aufweisen konnte, ließ Wolf ihn ruhig reden und schwafeln von all dem, was er sich so vorstellen mochte, er selbst rief in seinem Gedankenkarussell eine Szene von Ureinwohnern und Höhlengrab und Feuer und Fackeln und Versengen von Haut an empfindlichen Stellen vor sein inneres Auge und sah förmlich den weit aufgerissenen Schlund des Herrn Blowicky vor sich, bis er sich wieder in die Gegenwart seines Büros versetzte und dem etwas leierhaften Gerede des überheblichen Kunden noch etwas zuhörte und dann abwinkte und ihn kurzerhand hinauskomplimentierte nach der Methode, dass dessen Ansichten viel zu anspruchsvoll für seine kleine Firma seien und bei der Konkurrenz besser aufgehoben sei. Und zum Schluss erlebte er so etwas immer wieder als Zumutung und Aufgabe, wie bei einer Prüfung, und er gestand sich zu, diese obskuren bösartigen Gedanken auch heraufbeschwören zu dürfen, denn schon seine Mutter hatte ihm eingebläut, dass man in Gedanken alles mögliche tun und lassen konnte, aber niemals sollte jemand davon wissen dürfen. Und so dauerte es seine Zeit, ehe Wolfgang seiner Helga von diesen schlimmen Gedanken berichten konnte. Diese lachte erst, dann meinte sie aber, dass auch bei ihr zuweilen finstere Vorstellungen hochkämen und sie ließe das auch zu, denn es sei doch besser, aus seinem Herzen keine Mördergrube zu machen als alles immer wieder unterdrücken zu müssen, denn dann sammele sich eine Art Altlast innerlich an und wie bei einem Vulkan grolle es tief innen und grummele vor sich hin und dann, unvermutet, komme alles auf einmal hoch wie ein Ausbruch des Vesuvs und dann überschwemme dieses Böse und Dunkle alles und führe zu schrecklichen Taten. Sie sei davon überzeugt, dass es so bei den verschiedenen Verbrechen zugegangen sei, von denen man in der Zeitung lese und über die dann die Reporter im Fernsehen ganz fassungslos berichteten, wie konnte der nur und warum hat sie denn bloß und weshalb und wieso und wozu. Sie persönlich glaube, dass diese Täter, die vorher ja meist ein unauffälliges Leben geführt hätten, eben einen solchen Ausbruch der inneren negativen Gefühle erlebt hätten, weil sie diese eben nicht zugelassen hätten. Wenn man immer wieder etwas Dampf ablassen kann, dann sammelt sich nicht so viel an, das ist wie bei einer Lokomotive, wenn der Druck zu groß wird, dann explodiert der Kessel. Da konnte Wolf ihr nur beipflichten und so fanden sie auch in diesen dunklen Gedanken ihre Gemeinsamkeit wieder, und beglückt über gegenseitiges Verständnis liebten sie sich bei offenem Fenster, ohne Rücksicht auf Nachbarn oder Singvögel zu nehmen.

*

Nach der Scheidung suchte Caroline Fischer, sie hatte ihren Mädchennamen wieder angenommen, eine neue Arbeitsstelle in ihrer alten Heimatstadt. Es gab verschiedene Gründe, warum

Caro wieder zurück oder besser von diesem Ort weg wollte. Hier hatte sie zwar auch gute Freude gefunden und ein paar recht frohe Stunden verlebt, aber insgesamt hatte sich auch hier ihre Ehe abgespielt, war auch ihr Unglück geschehen, ihr Scheitern in Liebesdingen, ihr ganzer Lebensplan war hier abgestürzt und in Scherben auf dem Asphalt gelandet, sie war hier schlicht gescheitert mit ihrem Lebensentwurf. Das war wohl der Hauptgrund für ihren Ortswechselwunsch. Doch ganz tief innen, wenn sie aufhören konnte, sich selbst zu belügen, dann war da noch die Erinnerung an Wolfgang, dann waren da noch die Fantasien von einem gemeinsamen Leben mit Wolf, von einer bunten und hellen Zukunft mit ihm. Aber Caro ließ diese Art von Gedanken nur äußerst selten zu. Die meisten ihrer Freunde und Bekannten verstanden es besser, wenn sie von ihrer Enttäuschung berichtete und dass sie an solch einem Ort nicht länger leben wollte.

Für eine beamtete Lehrerin war es gar nicht so einfach, denn der gute Staat ließ aus Fürsorge seine Beamten nicht so ohne weiteres von Bundesland zu Bundesland ziehen, es kostete Caro eine Menge Zeit und Papier, all die Versetzungsgesuche und beamtenrechtlichen Belange auszufüllen, denn Vorschriften sind ja dazu da, diese auch zu befolgen. Und wenn sie nur Angestellte gewesen wäre, hätte sie es einfacher gehabt, aber so, ein Beamter zu sein, hatte schließlich auch seine Vorteile, und Caro wollte doch all die erworbenen Ansprüche hinsichtlich der Pension nicht so ohne weiteres aufgeben, nur weil sie in einem anderen Bundesland arbeiten wollte. Aber nach zwei Jahren intensivsten Bemühens ging es endlich. Sie bekam eine Stelle an der Kalandschule, weil dort einer der Lehrer wegen der Coronafolgen nicht mehr unterrichten konnte und krankheitshalber pensioniert werden musste; die Schulleitung suchte händeringend nach Ersatz und wollte sogar schon eine in Ausbildung befindliche Thailänderin nach Deutschland holen. Es war schon paradox, weil überall

Lehrermangel herrschte, wollte man sie nicht gehen lassen. Erst als sie deutlich machte, dass sie dann als Dauergeschädigte gelten könne und auch ihr Rechtanwalt ihr zu einem Prozess geraten habe, in dem ihr Arzt mit all seinen Attesten vor Gericht für sie aussagen würde, lenkte man ein. Eines der Hauptargumente war zum Schluss folgendes: Wenn ein Lehrer nur unwillig zum Unterricht erschiene, was könnte der schon den Kindern noch beibringen, würde das letztlich nicht eher zum Schaden der Kinder, ja, der ganzen Schule sein?

So hatte sie, wenn auch mit etwas unfeinen Mitteln, endlich ihr Ziel erreicht und war wieder zu Hause. Sie fand dann in der Wahmstrasse eine kleine bezahlbare Wohnung und begann ihre neue Stelle mit Schwung und Energie, nach kurzer Zeit fanden all ihre Schüler sie auch nett und zumindest recht ordentlich, und im Kollegium schaffte sie sich einige gute Freunde und volle Anerkennung, weil sie nicht bei allen ministeriellen Vorgaben mitspielen wollte, sondern auch das Kollegium in seinen Bemühungen unterstützte, durch die Elternvertretung den Rückhalt für vernünftige Maßnahmen zu erreichen und recht oft auch in aller Öffentlichkeit ihre eigene Meinung kundtat, so dass sie vom Kollegium dann sogar zur Pressesprecherin der Schule benannt wurde.

So erfuhren auch Wolfgang und Heide von Caros Rückkehr durch die Presse, und vergnüglich lasen sie die mitunter recht scharf formulierten Leserbriefe, die Caro zu verschiedenen Schulthemen verfasste. Wolfgang rief sie kurz entschlossen einfach mal an und sie verabredeten sich zu einem Abendessen beim Italiener. Caro sah der ersten Wiederbegegnung mit sehr gemischten Gefühlen entgegen; einerseits wollte sie alles wissen, wie es ihm in all der Zeit ergangen sein mochte, andererseits quälte sie der Gedanke daran, dass er seine Tage mit einer anderen verbracht hatte und nicht mit ihr. So war sie innerlich hin- und hergerissen, aber sie ging mit sorgsam ausgewählter Kleidung in das Restaurant. Es war gar nicht so schlimm, mit Wolf war gleich wieder eine enge Vertrautheit zwischen ihnen, fast so wie früher, als sie Tür an Tür gewohnt und gelebt hatten. Und wenn sie es sich auch nur zähneknirschend eingestehen konnte, diese Heide war eine richtig gute Frau für Wolf. Caro fand Heides Art, mit Wolf umzugehen, richtig und liebevoll und sie verstand gut, dass Wolf sich in Heide verliebt hatte. Am Ende des Abends konnte sie sich innerlich sagen, dass sie Wolf seine Frau wirklich gönnte. Also trafen sie sich gelegentlich zum Essen und gingen gemeinsam in Konzerte und auch ins Marionettentheater, wo traditionell oft große literarische Werke auf die Bühne gebracht wurden, es wurden sogar Opern dort aufgeführt und die Marionettenspieler orientierten sich an Salzburg, wo dereinst Peter Ustinov diverse Opern im dortigen Puppentheater aufgeführt hatte. Hier war das Publikum auch begeistert von den Leistungen der an den dünnen Fäden hängenden Figuren, und so mancher fand, dass hier im Puppetheater vieles sehr viel deutlicher und ehrlicher dargeboten wurde als in den Versammlungen der Bürgerschaft oder auf anderen politischen Bühnen. Es war insgesamt eine Zeit, in der alle recht zufrieden waren, Caro hatte ihre Schule und die Bewunderung der Kinder und den Ehrgeiz, mit all den anderen im Kollegium aus der eher mauen Finanzsituation für ihre Schule das allerbeste heraus zu holen, trotz der Leere im Stadtsäckel.

Auch Wolf und Helga kamen beruflich gut zurecht und waren mit ihrem Leben insgesamt recht zufrieden, so wie alles lief, denn es lief gut. Die Freunde von früher hatten sich wiedergefunden und mochten sich, und auch Helga und Caro kamen gut miteinander zurecht, wenn auch zuweilen Helga sich etwas zu sehr bemühte, für Caro einen zukünftigen Mann aussuchen zu wollen. Caro war es vorerst genug, dass sie im Dunstkreis von Wolfgang mitleben konnte. Mehr wollte sie nicht, denn sie merkte ja nur zu gut, wie sehr diese beiden sich mochten. Nur zuweilen nachts, in ihrem Bett, wenn sie nicht einschlafen konnte, dann kamen solche Gedanken wie die Vorstellung, dass sie alle drei dereinst alle im gleichen Altersheim wohnen könnten, wie sie alle dann im Aufenthaltsraum an ihren Tischen in ihren Sesseln saßen und oder ihre Rollatoren gemeinsam durch den Garten voller Blumen schoben.

Caro sorgte dafür, dass die Verbindung zwischen ihnen dreien nicht allzu eng wurde. Daher fuhr sie meist allein in den Urlaub. Sie machte gern Städtereisen, so lernte sie Barcelona oder London ein wenig kennen und lieben; oft fuhr sie mit dem Bus, denn die Busreisen waren immer noch am billigsten, und Caro musste sich die Fahrt oft mit den Senioren teilen, was zur Folge hatte, dass des öfteren Pinkelpausen gemacht werden mussten; aber sie lernte auf diese Weise Brüssel oder Rom oder Wien kennen, jedenfalls von all den Städten das, was für die Touristen von den sogenannten Reiseleitern ausgewählt worden war. Wenn Caro auch oft den Verdacht hatte, dass gewisse Lokalitäten die Reiseleiter dafür bezahlten, dass sie die Pauschaltouristen in diese oder jene Gaststätte führten, sie genoss es doch, unerkannt und gleichsam als Fremde mit anderen Fremden etwas neues kennen zu lernen, neue Eindrücke zu entdecken, die sie dann auch mitunter den Kindern in ihrer Klasse vermitteln konnte. Wie bei dem Klassenausflug nach Bremen; vor Beginn der Fahrt hatte sie alle Handys eingesammelt, so konnte sie sich sicher sein, dass alle Schüler sich leichter im Miteinander ohne zu große Ablenkungen finden konnten. Sie ging mit ihrer Klasse nicht die ausgetretenen Pfade entlang, sondern sie beschränkte sich auf das Schnoorviertel und dort konnte sie den Kindern einen Glasbläser zeigen, die ganz mutigen durften sogar selber einmal versuchen, eine Kugel zu blasen, und viele der Mädchen waren von den ganz kleinen bunten Glastierfiguren ganz bezaubert. Dann ging es in das Völkerkundemuseum mit der guten Restauration dort. Sie wusste ja, dass die Kinder sich für die Kulturen der Indianer und besonders der Polynesier begeistern konnten, und sie behielt recht, vor den Diorahmen mit den weißen Stränden, der türkisfarbenen See und all den Schildkröten, den ausgestopften Marlins und dem großen weißen Hai standen die meisten aus ihrer Klasse und schwärmten von Ferien in fernen Ländern. Natürlich waren die meisten schon an den Stränden Mallorcas gewesen oder auf Ibiza oder auch an der türkischen Riviera, aber der Traum, so ganz weit weg zu sein, weg von den Eltern, der nordeuropäischen Kälte, dem klammen Regenwetter und all den normalen Verpflichtungen, der gehörte einfach dazu. Und so hörte Caro all die kindlichen Vorstellungen in dem Stimmengewirr, das ging von Piratenverstecken und verborgenen Schätzen in der Karibik zu blutigen Entermessern, edlen Jungfern und Perlenkronen, kostbaren und seltenen Muscheln und riesigen Tiefseekraken, die ganze Schiffe auf den Meeresboden mit ihren enormen Saugnäpfen herunterholten oder das Aufspritzen der Fontänen, mit denen die Wale die Luft ausatmeten, oder die Felsen voller kreischender Affen, die Bananen pflückten oder Kokosnüsse auf die Felsen schlugen, um an deren Inhalt zu kommen, und in der Abteilung der Eskimos die Kanus aus Seehundsfellen, die Iglus aus Schneeschollen und die Jagd auf Robben und dann die kleinen Robbenbabys im Museumsshop, zum Kaufen für die Mädchen, die alle nur niedlich fanden. Und dann die Rückfahrt im Bus, die Schüler erschöpft und müde, sie nahmen ihre Handys wieder in Empfang, manche riefen gleich jemanden an, vielleicht die Eltern, vielleicht die Freundin, andere steckten nach dem langen Tag das meist als unentbehrlich geltende Gerät einfach nur weg. Manche schliefen gleich ein, vom stetigen Autogeräusch eingeschläfert, andere spielten das soeben gekaufte Quartett mit den diversen Waffen, Pfeile, Schwerter und Speere. Oder lasen noch einmal in der Museumsbroschüre über das Leben der Indianer nach. Caro mochte ihren Beruf und auf diesen Rückfahrten war sie zwar müde und einigermaßen vom ewigen Aufpassen und Erklären innerlich wie ein altes Puzzle in ihre verschiedenen Teile zerfallen, aber sie war mit sich im Reinen. Sie fühlte sich von den Schülern gemocht, vom Leben angenommen, und sie selbst mochte sich auch jetzt viel lieber leiden als noch vor drei, vier Jahren.

*

Wolf und Helga lebten immer noch in ihrer alten Wohnung, für sie beide waren die Räume groß genug und nach der letzten Untersuchung beim Frauenarzt hatte Doktor Kreutzer ihnen mitteilen müssen, dass Helga keine Kinder bekommen könne, denn ihre Tuben und Eileiter waren so verklebt durch vorhergegangene Entzündungen, dass da kein Ei mehr durchschlüpfen würde. Die beiden hatten sich damit abgefunden und nachdem das estländische Abenteuer, wie Helga es anfangs genannt hatte, so gut gelaufen war und ihr Bankkonto gut gefüllt gewesen war, hatten sie kurzerhand das ganze Häuschen gekauft und wohnten weiterhin in dem kleinen Altstadtbau, das sie zu einem gemütlichen Nest ausgebaut hatten. In den ersten Jahren hatten sie an die Wände als Schmuck und Zierde einfach ein paar Kunstdrucke mit Reißzwecken hingehängt, aber im Laufe der Jahre waren es echte Bilder geworden, die nun die Räume schmückten. Besonders eine Galerie in Estland hatte es ihnen angetan, dort hatte anfangs ein ihnen inzwischen persönlich bekannter Maler ausgestellt, den besonders Helga sehr schätzte; dessen bunte Ölbilder waren eine Mischung aus Surrealismus und freien Formen, sehr oft hatten die Gemälde einen Titel, der auf Landschaften oder Wälder hindeutete, obwohl Wolfgang häufig meinte, er sehe nur Waldgeister oder Feen in all den ineinander fließenden Farben.

Aber obwohl Helga und Wolf in der Auffassung moderner Malerei und Graphik oft ziemlich unterschiedliche Maßstäbe hatten und auch unterschiedliche Künstler mochten, konnten sie sich bei den Werken dieses Esten auf einige einigen und auch nach langem Hinsehen war ihnen diese Art von Gemälden nie langweilig. Man steht davor und kann immer wieder etwas neues entdecken, meinte Wolf. Das ist ganz anders bei den alten Meistern, bei Holbein oder Dürer oder Botticelli, und erst die Holländer, da sieht man bei den feinen Pinselstrichen oft sogar jede einzelne Haarsträhne, und erst die Bewegungen, mitunter fühlt man sogar den Wind und den Regen, bei Turner oder Rembrandt. Und diese Klarheit der Linien bei Picasso, ergänzte Helga, ich mag Picasso oder Braque sehr. Da kann ich so richtig von träumen, das eröffnet mir ganz neue Horizonte. Ich finde ja auch, dass nach der Erfindung der Fotografie das Malen eine ganz neue Dimension bekommen hat, jetzt brauchten die Maler nicht mehr nur die Natur nachzubilden, sie konnten etwas ganz anderes, ganz neues ausdrücken, denk nur an van Gogh oder Gaugin, da sieht man zwar immer noch, was sie abbilden möchten, also etwas in der Natur vorhandenes, aber dann kommt ihre Interpretation der Natur oben drüber, da werden die Pinselstriche dicker und energischer, kräftiger und klarer, da wird so manches einfach deutlicher dargestellt. Und Wolf erwiderte dann oft, dass eben dieses Neuerkennen für ihn die Qualität eines Bildes bedeute, es sei nicht nur einfaches Abzeichnen der Natur, der Dinge an sich, sondern sie wollten quasi die Essenz der Sachen darstellen, das Innere der Menschen, sogar die Gedanken von ihnen; man kann auf vielen der neuen Bilder das deutlich erkennen, denk nur an Gerhard Richter, Dali, David Hockney oder Ernst Fuchs, die erzählen doch ganze Geschichten in einem einzigen Antlitz, da brauchen sie keinen Geschützdonner oder gar eine Feuersbrunst, um etwas Leidenschaftliches darzustellen. In ihren Diskussionen über die Malerei überraschte Helga immer wieder durch Sätze wie: Sobald die Linie als Grenzsetzung entwertet ist, beginnen die malerischen Möglichkeiten. Es fließt der Raum um die Dinge, bindet sie im atmosphärischen Netz. Ihre ephemere Präsenz manifestiert sich im Wandel des Lichts.

Und wenn Wolf sie dann fragte, wo sie all das Wissen herhabe, und was dieses geschwollene ihm oft unverständliche Gerede um Formen und Farben denn sein solle, dann erklärte sie ihm, sie habe so etwas in ihren Büchern über Maler und Zeichner gelesen und schlug ihm sogar die Seiten auf, in denen die sogenannten Experten eben ihre Ansichten in wortreichen Elogen darlegten. Und wenn Wolfgang dann der Kopf schwirrte von all dem gelehrten Gehabe, dann warf er das meist dicke Buch auf den Tisch und meinte, für ihn sei es ganz einfach, ein Bild gefalle ihm oder aber nicht. Das sei sein ganzes Kriterium für die Malerei, und wenn da einer in Ehrfurcht vor einem Ölschinken steht und staunt und es bewundert, nur weil das Bild so alt ist. Und ich denke, nicht alles ist gut und schön, nur weil es die Jahrhunderte überdauert hat. Es mag dann ja vielleicht noch sehenswert sein oder als Zeitzeugnis interessant, aber nicht schön oder gar exquisit. Und dann die Sache mit dem Wert solcher Kunstgegenstände, ob es ein Skarabäus aus dem alten Ägypten ist oder eine Perlenschnur der Inkas oder der Pinsel von Albrecht Dürer, was macht all das denn so wertvoll oder so teuer? Das sind doch alles nur ideelle Preise und Vorstellungen in den Köpfen der Kunden, wie ein Kleid von der Monroe oder der Büstenhalter von Sophia Loren, das Schnupftuch von König Ludwig von Bayern oder die Tabaksdose vom alten Fritz. Das ist etwas für Fans, für Sammler, genau so wie Briefmarken. Früher haben fast alle Kinder Briefmarken gesammelt, heute sammeln sie sogenannte »Likes« auf ihren Handys. In jedem Jahrhundert gab es andere Sammelobjekte, so wie bei den Eingeborenen auf Neuguinea die Schädel der getöteten

Feinde gesammelt wurden, und schon in der Bibel steht, dass König Saul die Vorhäute der Philister gesammelt hatte. Die Vorlieben der Menschen sind sehr verschieden, aber dass überhaupt gesammelt wird, bis heute, das ist eine der merkwürdigen Eigenschaften des Menschen an sich. So wie manche eben alte Puppen sammeln oder auch Bilder von Boxern, die im Ring am Boden liegen bleiben oder Kriegswaffen oder Bildchen von Fußballstars oder Olympiasiegern. Oder eigenen Erfahrungen. Beim Sammeln von irgendwelchen Objekten ist es relativ einfach, dahinter steckt letztlich nichts anderes als die altbekannte Gier des Menschen. Er möchte doch eben immer ein wenig mehr haben als sein Nachbar. Ob als ein König, welcher Land sammelt und daher andere Länder seinem eigenen einverleiben möchte oder ein Motorradsammler, der schon zwanzig Maschinen in seiner Scheune stehen hat, aber er kann ja nur mit einer zur Zeit losfahren. Dieses Habenwollen, das ist bei Menschen universell, denk nur an die Modells oder Filmstars mit ihrem Schuhtick, sie sammeln Schuhe. Ist ja besser als wenn sie Ehemänner sammeln, das gibt es ja auch, die Elizabeth Taylor war, glaube ich, fünfmal verheiratet. Da sind mir Schuhe schon lieber. Oder auf den Auktionen, besonders bei Schmuckstücken, die sehr wertvoll sind, da kommen dann all die negativen Eigenschaften hoch und du siehst es förmlich in den Augen vor allem der Damen, dieser Neid, diese Wut, wenn eine andere die Goldbrosche ersteigert hat. Diese Gier nach dem Besonderen, und da kommt es nicht mehr darauf an, ob ein Sammlerobjekt tatsächlich so wertvoll ist, wie es dargeboten wird, sondern allein der Besitz zählt und ist wichtig. Das ist wie bei Onkel Dagobert mit seinen Trilliarden und Trillionen, er kann einfach nicht genug davon besitzen. Ja, sammeln kostet, und zwar nicht nur Geld, sondern auch Nerven und man muss den Verlust von Freunden in Kauf nehmen. Ist also alles in allem ziemlich kostspielig.

Und diese Sammelleidenschaft wird oft sehr teuer bezahlt. Das geht ja in die Millionen, was manche Sammler oder Museen auf Auktionen für die Objekte ihrer Begehrlichkeit bezahlen, was man so in der Presse liest. Und der Maler selbst, damals hat er vielleicht nur ein Abendbrot dafür bekommen. Oder denk nur an die Nanas, von dieser Französin, Niki de Saint Phall oder so, wenn du da eine gesehen hast, dann kennst du alle anderen auch, es ist immer wieder dasselbe, vielleicht ändern sich die Farben, aber das Grundmuster stimmt bei allen Nanas. Und ja, sie sind sehr anschaulich und lustig, aber das war es dann auch schon, einen tieferen Sinn vermochte Wolf nicht darin zu sehen. Was willst du denn noch, erwiderte Helga, wenn Kunst dich fröhlicher macht und zum Lachen bringt, ist das denn nichts? Ich finde, das ist auch schon was wert. Dann kannst du ja gleich auch so was wie Karneval zur Kunst rechnen, lächelte Wolf. Aber natürlich, oder was glaubst du, warum seit über zweihundert Jahren sich die Rheinländer immer wieder so viele Mühe geben mit all den Masken und Umzügen und den Prunksitzungen, die dann sogar im Fernsehen übertragen werden. Na ja, das Fernsehen, was die so bringen und uns vorsetzen. Du brauchst das ja nicht anzuschauen, Helga gab ihm einen Kuss, ich weiß ja, dass du diese Art von Volksbelustigung nicht ausstehen kannst. Da hast du recht. Da sitze ich doch lieber bei einem guten Buch oder schau mir im Museum ein paar Bilder an. Na siehst du! Da haben wir es doch, auch du willst unterhalten sein, aber eben auf eine andere Art und Weise als viele hier bei uns, die wollen gern die Übertragung vom Rosenmontagszug sehen und mitfeiern, mitschunkeln, mittanzen und so. Und die anderen können sich anderweitig erfreuen. So wie es Leute gibt, die zur Jagd gehen nur mit dem Fotoapparat und ohne Gewehr, oder beim Sport, die sind richtig wild darauf, bei der Ruderregatta einen guten Platz zu machen oder bei Marathon mit einer guten Zeit durch das Ziel zu kommen. Aber du, ich weiß ja nicht, wie lange ist es her, dass wir mal so richtig Auslauf hatten, dass wir einfach auf den Rädern durch die Felder gefahren sind; doch, im Frühjahr, es muss schon Mai gewesen sein, als der Raps in voller Blüte stand, da waren wir doch zu diesem Hof gefahren. Das war ein Gut, ein großes Gut, und es gab frischen Butterkuchen und sehr guten Kaffee. Ja, an so etwas kannst du dich gut erinnern. Und so kabbelten sie sich gegenseitig in dem Bewusstsein, dass sie sich immer noch sehr mochten.

*

Caro fühlte sich ganz wohl in ihrer neuen Sportkleidung; sie hatte sich entschlossen, öfters als bisher mm Wochenende und auch an einigen Tagen nach der Arbeit einfach zum Jogging zu gehen und an der Rehderbrücke traf sie sich mit einigen Gleichgesinnten dann zum Joggen am Kanal. Das machte ihr Spaß und tat ihrem Körper gut, während des meist eher gemütlichen Laufens unterhielt sie sich mit den anderen und so war es auch zu einer intensiveren Begegnung mit Hannelore gekommen, diese machte ihr dann das Lesen schmackhaft; und kurz und gut, seit ein paar Wochen war sie mit im Bunde in der sogenannten Donnerstagsrunde. Das war ein loser Zusammenschluss von Frauen meist mittleren Alters, die sich immer am Donnerstag bei einer von ihnen trafen, um über ein Buch zu reden. Am Ende jeden Leseabends wurde dann diskutiert, welches Buch man als nächstes lesen sollte oder wollte. Die Vorschläge waren äußerst gemischt, sie reichten von den Bestsellern der SPIEGELliste bis zu abstrusen Romanen des letzten Jahrhunderts, und mitunter fanden sich auch wirklich ein paar Rosinen darunter, Bücher, die auch Caro nur zu gern las. So lernte sie die Bücher von Ian McEwan kennen und Michel Ondaatje, Dörte Hansen und Mariette Navarro und noch viele andere mehr. Am Anfang sagte sie in der Runde der fünf, sechs Frauen nur wenig, aber als sie merkte, das selbst die Damen, die studiert hatten, auch nur auf ähnliches reagierten wie sie selbst, da wurde sie mutiger, und nach drei Monaten merkte sie auf einmal, dass ihre Meinung ganz wichtig für die anderen war, sie zählte genau so viel wie die oft dozierende Stimme der Oberstudienrätin. Das gab ihr Sicherheit; und immer wieder kam es in der Runde zu der immer wieder gestellten Frage, besonders dann, wenn wieder einmal eine neue Lesedame in den Kreis aufgenommen werden sollte.

Dieses warum sollte man denn eigentlich lesen, es gibt doch schon so viele Bücher und immer noch schreiben die Autoren neue; könnte man nicht einfach abwarten, bis ein dickes Buch verfilmt wurde und dann sich einfach den Film ansehen? Dann kennt man den Inhalt ja auch und man spart viel Zeit; und so mancher Film zeigt doch fast intensiver als das Buch, um was es eigentlich geht oder gehen soll. Die Verfilmungen von »Vom Winde verweht« oder die »Don Camillo«-Filme und auch »Das Boot«, das waren doch höchst erfolgreiche Verfilmungen. Aber mitunter kann man doch die Subtilität eines Dichters nicht in bunte Bilder umsetzen, oder? Denk doch nur an D.H.Lawrence und seine Lady Chatterley oder auch an eher etwas simple Bücher wie die Verfilmungen von Karl May oder Edgar Wallace. Aber bei derartigen Filmen sind doch gerade die Verfilmungen so gelungen, dass dadurch der Autor bis in unsere Zeit weiterlebt, weithin nicht vergessen wird. Und denkt doch nur an die Lyrik, die kann man doch nie verfilmen oder in Bilder umsetzen, oder? Im Grunde handelt es sich bei aller Literatur doch immer wieder um das gleiche Phänomen, nämlich um die Variationen des Themas: Wer ist der Mensch und wie lebt er so. Das ist so wie in der Malerei, es gibt eben nur eine Handvoll Farben, aber jeder Maler setzt diese auf seine eigene Weise ein, und so entstehen die unterschiedlichen Kunstwerke, von Klee über Cezanne bis zu Picasso oder Richter.

Und die Schriftsteller haben auch nur die sechsundzwanzig Buchstaben, und was machen sie daraus? Da kann man doch nur staunen, wir haben alle nur eine bestimmte Anzahl von Worten zur Verfügung, in allen Sprachen, und doch benutzen alle Dichter ihren Vorrat an Ideen und Wörtern so unterschiedlich, Garcia Lorca oder Boris Pasternak, Erich Kästner oder Malaparte, Goethe oder Shakespeare. So wie jeder Landmann aus seinem Acker etwas anderes hervorbringt, so wie höchst unterschiedliche Früchte ans Licht kommen, so vielfältig ist auch die Literatur. Und alles kreist immer wieder nur um das Thema Mensch sein, was bedeutet das nur. Wie lebt man und wozu, oder wohin mag das alles gehen? Das ist so wie mit uns, wir sind alle zur menschlichen Rasse gehörig, aber wir sehen alle sehr unterschiedlich aus, auch wenn wir uns oft angleichen oder gleich aussehen möchten. Davon lebt doch die Mode und mit ihr eine ganze Industrie, aber wir wollen doch alle ziemlich unterschiedlich sein, denkt nur daran, wenn wir auf ein Fest gehen und eine andere hat das gleiche Kleid an wie wir. Oh wie entsetzlich! Aber das könnte ja nur für einen guten Geschmack sprechen. So wie bei den Büchern, wenn zwei das gleiche Buch lesen, haben sie doch jeder für sich eigentlich ein anderes Buch gelesen, das merken wir doch bei uns hier im Lesekreis. Denn wir lesen alle das gleiche Buch, aber reden dann aus den verschiedensten Winkeln über das Gelesene. Weil wir eben unterschiedliche Dinge erlebt haben beim Lesen. Weil wir sehr andere Erfahrungen mitbringen, andere Assoziationen haben, wenn wir uns in eine Geschichte hineinbringen. Wir lesen eben alles aus unseren unterschiedlichen Erfahrungen heraus, und so wie einerseits wir alle gleich sind, eben Menschen, oder speziell Frauen, so haben wir andererseits doch ganz unterschiedliche Dinge, die wir für wichtig oder unwichtig halten. Sonst würden wir auch nicht so viel Vergnügen daran haben, weder am Lesen selbst noch am Reden darüber. Also los, reden wir über das neue Buch.

Je länger Caro in diesem Kreis der belesenen Frauen war, desto besser fühlte sie sich. Die immer noch nagende Enttäuschung über die gescheiterte Beziehung mit Rudolf wurde immer mehr in den Hintergrund ihres Bewusstseins geschoben und sie konnte merklich unbeschwerter leben. Mit ihren Schülern kam sie gut zurecht, auch in den Elternabenden konnte sie ihren Standpunkt gut vertreten und sich sogar gegen den Rechtsanwalt Müller behaupten, der für alle Kollegen wie ein rotes Tuch war, weil er bei der geringsten Kleinigkeit, die ihn ärgerte, sofort nach dem Gericht rief und schon viele verklagt hatte. Zwar hatte er noch keinen Prozess gegen die Schule oder einen einzelnen Lehrer gewonnen, aber er war eben ein Mensch, der sich immer im Recht zu sein glaubte. Caros Stand im Kollegium wurde immer besser und sie selbst fühlte sich im Kreis ihrer Kollegen sehr wohl und wenn sie zuweilen allein am Wasser entlang joggte, dann fand sie sich und ihr Leben insgesamt einfach super. Wenn nicht da der eine kleine nagende Punkt wäre, der immer mal wieder in ihr deutlich zu spüren war. Sie wollte eben auch mal von einem geliebten Mann in den Arm genommen werden, sie sehnte sich nach warmen Umarmungen und zärtlichen Worten, wie sie es abends oft genug im Fernsehen miterleben konnte, wenn sie im Bett lag und auf dem Bildschirm eine Seifenoper mit Herz und Schmerz und Schmalz von roten Rosen und rosa Abendhimmeln und langen intensiven Küssen von gut frisierten Männern ihr Herz berührte. Dann erinnerte sie sich jedesmal an die erste Zeit mit Rudolf, als der ihr die Welt zu Füßen hatte legen wollen, an die Ferientage auf Mallorca, an die eingeschneite kleine Hütte im Schwarzwald, in der sie mit einem anderen Pärchen einen Jahreswechsel verbracht hatten, der Wein in der Bowle war völlig verkorkt und das elektrische Licht ging aus, sie hockten bei Kerzen und Mondschein vor der braungebeizten Vorderwand und schauten in den Schwarzwald, sahen die hellen Lichter der

Sylvesterfeuerwerke ringsherum, und es war still. Nur das Öffnen der Sektflaschen machte helle Geräusche, sie alle vier saßen ziemlich ruhig da und bedachten das neue Jahr, die alten Fehler, die vielen Wünsche und auch so manch verpasste Gelegenheit. Das war der letzte gemeinsame Ausflug mit Rudolf gewesen, dann im Frühling war es zum großen Zerwürfnis gekommen und sie war gegangen. Ja, es hatte Tränen gekostet und ihr ganzer Körper hatte ihr wehgetan, aber nun war sie über Rudolf hinweg wie über eine vergessene Klassenarbeit, das war Schnee von gestern. Sie lebte jetzt und zwar in der Stadt, in die sie hingehörte, in der viele Menschen ihr zeigten, wie sehr sie gemocht wurde, wie sehr sie auch gebraucht wurde, sie war angekommen und angenommen. Sie fühlte sich hier wohl in ihrer Haut.

*

Auf der Rückfahrt von Hamburg geschah der Unfall. Erst musste er wegen einer der vielen Baustellen von der Autobahn über gewundene Landstraßen fahren, dann prallte bei dichtem Nebel ein Kleintransporter direkt in ihren Wagen hinein und schob beide Fahrzeuge durch den Schwung des Aufpralls einen Abhang hinunter gegen einen Baum. Der Transporter fing sofort an zu brennen, Wolfgang am Steuer seines PKWs war zunächst etwas benommen, denn er war mit dem Kopf gegen den Seitenpfosten seiner Tür geschlagen, der Aufprallschutz hatte sich aufgeblasen und versperrte ihm die Sicht, neben ihm auf dem Beifahrersitz war alles still. Helga lag verkrümmt und reglos unter dem weißen Prallschutz, Wolf wollte rufen, aber er konnte nur noch krächzen, dann löste er umständlich den Anschnallgurt und ließ sich aus dem Wagen fallen. Seine Knie schmerzten und als er den Kopf bewegte, tropfte es ein wenig. Seine Stirn schmerzte ein wenig, als er mit der Hand nachfühlte, waren seine Finger blutig, aber nicht sehr. Er richtete sich langsam auf und konnte endlich nach Helga rufen. Umsonst. Er krabbelte um den Wagen herum und öffnete die andere Autotür. Helga lag da reglos und seltsam verkrümmt. Wolf zog sie mühsam hervor und schleifte sie weg von den beiden ineinander verkeilten Autos, denn die Flammen drohten auch auf seinen Wagen überzugreifen und er wollte Helga unbedingt aus der Gefahrenzone holen. Der Nebel lichtete sich ein wenig und schon bald, so schien es ihm, kamen vertrautes TATÜTATA und flackernde Blaulichter und dann waren um ihn Polizisten und Feuerwehrleute und man nahm ihm Helga aus den Armen und trug sie in einer Trage weg, er selbst wurde von zwei Männern in Uniform an den Rand der Straße mehr getragen als geleitet und dort ins Gras gelegt. Ein Mann kam mit einer warmen Decke und einem Pappbecher Kaffee mit Milch. Nach dem ersten Schluck warf Wolf den Becher weg, er mochte keine Milch in seinem Kaffee. Er richtete sich auf, der Mann neben ihm hielt ihn aber zurück und so saßen sie beide eine Weile nebeneinander im platt-getretenen Gras neben der Strasse und Wolf hielt seine Decke wie ein Schutzschild um sich, stierte geradeaus und versuchte, sich langsam wieder zu orientieren. Er hörte zwar, dass der Mann neben ihm etwas sagte, aber er verstand ihn zunächst nicht. Erst nach einer Weile konnte er wieder normal hören und verstand, wie der Mann, einer von der Feuerwehr, ihn nach seinem Namen fragte. Endlich konnte er wieder klar sehen und dem Mann direkt ins Gesicht blicken und dessen Fragen beantworten. Der Druck im Kopf verschwand, ein anderer Mann kam und klebte ihm ein Pflaster auf die Stirn, gab ihm eine kleine Flasche Mineral-wasser und Wolf trank wie ein kleines Kind, nur kleine Schlucke. Er schaute sich alles an und dann fiel ihm wieder Helga ein. Er wollte aufspringen, aber der Feuerwehrmann neben ihm hielt ihn zurück und meinte nur, dass schon alles getan werde, seine Mit-fahrerin werde schon in das nächste Krankenhaus weggefahren und wenn er wieder soweit sei, dann könne auch er dorthin gefahren werden. Dann kamen zwei Polizisten und er musste ihnen erzählen, was er vom Unfallhergang noch wusste und wie er denselben erlebt hatte. Sie nahmen ein Protokoll auf und dann durfte er im Polizeiwagen mitfahren bis zum kleinen Krankenhaus.

Dort wurde er dann in die Aufnahmestation gebracht und ein Arzt nahm sich seiner an und brachte ihn in einen weißgetünchten Raum, wo er das Geschehen vom Unfall noch einmal erzählen musste. Dann fragte er nach Helga und der Mediziner vor ihm nahm seine Brille ab und erklärte ihm, das Helga den Unfall nicht überlebt hatte. Es war ein doppelter Schock und Wolf suchte mit seinen leeren Händen in der Luft nach etwas zum Festhalten. Der Arzt gab ihm schließlich eine Spritze und legte ihn auf eine Trage im Flur. Dann dämmerte er weg.

Als er wieder erwachte, saß der Krankenhausseelsorger bei ihm und ganz allmählich durch das ständige Wiederholen des Unfallgeschehens und die beruhigenden Worte des Pastors konnte Wolfgang das ganze Ausmaß des Unfalls begreifen. Helga war tot. Er selbst hatte außer der kleinen Kopfwunde nur ein paar Prellungen abbekommen. Das Auto war Totalschrott. Der Fahrer des Kleinlasters war in seinem Führerhaus verbrannt, also auch tot. Warum er auf die Gegenfahrbahn gefahren war, war völlig unklar, es konnte sich um einen Herzinfarkt am Steuer gehandelt haben oder er hatte kurzzeitig das Steuer losgelassen oder oder oder. Es war nicht mehr aufzuklären, das WARUM.

Und dann erst kam es wie ein Schlag in die Magengrube:

Helga war tot.

Die folgenden Tage und Wochen verbrachte Wolfgang wie in einem Traum,

seine Gedanken klammerten sich immer noch und immer wieder an die Erinnerungen an seine Frau, seine Helga. So wie sie sich um ihn gekümmert, sich um ihn gesorgt hatte. Oft schreckte er im

Schlaf hoch und sah ihre Augen vor sich, wie sie ihn angestrahlt hatten, bei besonderen Gelegenheiten, wenn sie ein neues Land bereist hatten oder einen besonders schönen Ausblick auf die See oder einen Fluss erleben durften. Helgas Augen, und dann ihr lautes Lachen, das so von Herzen kam, oft spontan und ansteckend, dass es sogar ihn mitgerissen hatte, und wenn sie in der Küche am Herd stand und Spiegeleier gebraten hatte, diese kleinen abgezirkelten Bewegungen, wenn sie sich umwandte, um einen Löffel aus der Schublade zu nehmen oder die frischen Kräuter mit der Schere über das Ei verstreute.

Und die Erinnerung an ihre Haut, wie warm sie gewesen war am Strand, sogar in den hellen Nächten, wenn sie sich dort am Meeresrand geliebt hatten und auch das züngelnde Salzwasser ihnen abgerissene Algen unter die brennenden Leiber gespült hatte. Oder bei den großen Bällen, die im Festsaal des Kurhauses stattgefunden hatten oder im Theater, dort wurden die Wohltätigkeitsbälle zum Erhalt des Theaters mit Versteigerung älterer Kostüme veranstaltet und Helga war eine begeisterte Theaterbesucherin gewesen. An manchen Tagen blätterte er in den Fotoalben, suchte in den Aufnahmen vergangener Jahre nach, ja nach was? Nach der Essenz von Helga, nach einer Spur, nach irgendwelchen Sachen, Dingen, Begebenheiten, die sie zurückholen konnten oder die für immer von ihr bleiben würden, nach einer Spur von seiner Frau auf dieser Erde?

Und immer wieder diese dunklen Gedanken: Was soll das alles noch? Was soll ich mich hier allein weiterquälen, ohne sie ist das Leben doch nichts wert. So ganz allein unter all den vielen anderen, die lachen konnten und leben und spazierengehen und Pläne schmieden und und und ...Aber er war allein jetzt, Helga würde nie wieder in der Tür stehen und ihn begrüßen können. Sie würden nie wieder am Strand ihre Zehen in den warmen Sand bohren und Überlegungen anstellen, was sie im Urlaub denn machen wollten, wohin sie fahren würden, wen sie besuchen sollten oder mussten oder durften, wen sie einladen sollten zum nächsten Fest oder Geburtstag, was sie mit seinem Vater noch machen könnten, wenn dessen Alzheimer ihn immer weiter in eine eigene Welt ziehen würde, ob er dann in ein Heim sollte oder gar müsste?

Es war alles so sinnlos jetzt geworden, was sollte er denn nun allein machen? Er konnte doch nicht wie zuvor einfach ins Kontor gehen und die Verhandlungen mit all den Geschäftpartnern und Firmen führen wie bisher, oder?

Einmal griff Wolfgang zum vermeintlichen Retter Alkohol und trank eine ganze Flasche Whisky aus. Als Folge dröhnte sein Kopf am nächsten Morgen, ihm war schlecht und im Magen brannte es weiter. Das war für ihn zumindest keine Lösung, bisher hatte er diese anregenden Getränke ja auch eher als Stimmungsmacher bewertet und mit Helga zusammen hatten sie so manche gute Flasche Wein geleert.

Mit Helga, ja!

Nun stand er allein in der kleinen Küche und beschaute sich, was seine Frau ihm übriggelassen hatte: Da waren die notwendigen Grundstoff wie Mehl, Butter, Käse, Wurst, Rapsöl, Zwiebeln, Möhren und Tomaten, Rosinen und Kartoffeln, Cornedbeef in Dosen und Nudeln, geriebener Parmesan in runder Pappschachtel und viele, viele Gewürze. Auf dem Fensterbrett stand noch immer das lange Kräuterbeet in einer alten Holzkiste, Majoran und Kerbel, Petersilie und Schnittlauch. An der Wand neben dem Herd hingen unter den Topflappen die großen Scheren für die Kräuter und in Tante Ankes glasiertem Tontopf standen die anderen Utensilien: zwei, drei Pfannenwender, Suppenkellen, zwei Salatbestecke, eines aus Metall, das andere aus rotem Kunststoff. Ein Pinsel zum Bestreichen mit Öl und die von Helga so geliebte Flaschenbürste.

Wolf konnte Helgas Stimmer hören: Raus aus meiner Küche,

der Kuchen ist noch nicht fertig. Lass dich überraschen, du vernaschter Junge, hier kannst du keine Schüssel mehr auslecken! Und dann lachte sie, wie nur Helga lachen konnte.

Seine Gedanken wurden oft zu einem Alptraum, aber dann kamen die zu bewältigenden Aufgaben wie das Aussuchen des Sarges, das Gespräch mit dem Pastor wegen der Beerdigung, die Einladungen zur Trauerfeier, auf die seine Familie bestand, all das und dazu das alltägliche Leben war schwierig geworden. Es lief an ihm vorbei, das Leben. Seine Freunde und die Familie kümmerte sich um ihn, und sogar im Büro fand sein Chef Brüggemann jr. genügend Zeit, ihn zu entlasten, obwohl der sich aus fast allen Geschäften zurückgezogen hatte.

Er besorgte sogar für Wolfgang eine neue Sekretärin. Ingeborg Just; sie hatte dunkle Haare und trug diese als Pagenkopf, dazu ihre schwarzen großen Augen und eine gute Figur, kurz gesagt, Herr Brüggeman jr. hatte sie wohl besonders ihres Aussehens wegen eingestellt. Aber sie war auch ausnehmend tüchtig und fleißig, war sehr hilfsbereit und ihre beruflichen Fähigkeiten waren ohne Tadel. Schon nach ein paar Wochen mochte Wolfgang nicht mehr auf sie verzichten. Und dann gab es noch ein Plus bei dieser Inge, sie war verlobt, mit einem richtigen Ring am Finger, und das machte sie im Umgang mit anzüglichen Angeboten von Kunden unempfindlich für die oft zu dick aufgetragenen Komplimente; wie sie zu Wolf sagte, die wollen doch alle nur mit mir ins Bett, und dann adieu. Für solch ein kurzes Abenteuer bin ich mir einfach zu schade, und außerdem, ich liebe meinen Otto.

Man kümmerte sich um Wolf, und wenn er diese Zeit bewusst erlebt hätte, dann hätte er gewusst, wie viele Freunde er hatte und wie sehr den anderen an ihm gelegen war und wie sehr auch Helga geschätzt wurde und geliebt worden war.

Das Abschiednehmen von seiner langen Geliebten und

Ehefrau war ein allmählich in Gang kommender Prozess, wie ein alter Güterzug, der sich zunächst zögernd in Bewegung setzt und dann mit stetem Tempo auf den vorgegebenen Gleisen Fahrt aufnimmt und sich stetig dem Ziel nähert. Aber was ist das Ziel von Abschied nehmen, was kann der Zielpunkt sein eines Loslassen-müssens, was wäre als Endpunkt zu benennen einer Endgültigkeit, wo doch so eine Art von Alleinsein, von Alleingelassen-werden, fast von Einsamkeit, alles war, was nun noch bleibt, oder bleiben kann. Hans-Joachim Drebber nahm ihn an manchem Abend mit an den Fluss und zog ihn hin zu den Weiden, die das Wasser schlürften und den kleinen Inseln mitten im Strom, auf denen manch Grillfeuer leuchtete in der Dunkelheit, vorbei an den Reetdachhäusern mit den gepflegten Gärten und den anderen, den leerstehenden Schuppen inmitten von verwildertem Rasen und vereinzelt gewachsenen Disteln und Goldregensträuchern. Oder am Strand die Konzerte im Sand, Caroline und Sabine schleiften ihn dann meist eher widerwillig durch den Sand zu dem gemieteten Strandkorb, oben auf der improvisierten Bühne sang man plattdeutsche Lieder oder Shanties oder es gab ein Konzert mit Streichern, die Dvorak und Grieg spielten. Oder sein Vater auch, der sich mit ihm den Gang zum Friedhof teilte und nun zwei Gräber besuchte und darauf bestand, dass Wolfgang auch zwei Blumensträuße trug und sie dann bei der Mutter und bei Helga ablegen sollte.

So ganz allmählich kam etwas wie Lebendigkeit wieder in Wolfgang zurück, er fuhr wieder nach Tallin zu Hendrick, konnte mit seinen Freunden lachen und auch mal eine Nacht ohne Schlaftablette gut ausruhen. Es dauerte eben seine Zeit, bis er auch im Kontor wieder alles unter Kontrolle hatte und weiterhin als geachteter Kaufmann mit den Kunden verhandeln konnte. Nach einem Jahr konnte er wieder einen spannenden Roman lesen oder auch mit Freunden zum Grillen fahren oder das Theaterfest genießen. Sein Vater sagte immer wieder, dass Helga sich auch gewünscht haben würde, dass er wieder ganz lebendig sei und er müsse jetzt auch für sie und an ihrer Statt alle Facetten des Lebens aufnehmen, denn nun könne Helga ja nur noch durch Wolfs Augen das Leben in all seinen Nuancen miterleben.

*

Das Stadtfest leuchtete in der Mittagssonne, von allen Plätzen dröhnte die Musikbeschallung und jeder stand warb mit anderen Tönen, da gab es laute brasilianische und englische Schlager, andere bevorzugten harte Rappersongs oder sanfte kalifornische Schmuserocksongs und bei einigen erklangen sogar Operettenklänge und oder Volkslieder, auf deutsch gesungen. Es gab die üblichen bunten Wurfbuden auf polierte Blechdosen, Stände mit dänischer Lakritze, schwedischen Rentierröllchen in Blätterteig und ein breites Angebot mit Schmalzgebäck und Lebkuchenherzen; ein altes Kinderkarussell mit hölzernen Tieren und einem Feuerwehrauto, viele Schießbuden und Crepe-stände, Bratwurstbuden und Biertränken, die von den örtlichen Brauereien aufgestellt waren, denn inzwischen gab es mehr als acht verschiedene Biere, die hier in meist eher kleinen Privatbrauereien gebraut wurden und sich bei Kennern großer Beliebtheit erfreuten. Aber die Attraktion, die große dieses Jahres, das war das Riesenrad. Das drehte sich langsam und erhob seine Besucher in den kleinen bunten Gondeln hoch hinaus über die Dächer, bis sie einen weiten Rundblick über die ganze Stadt hatten; einen derartigen Weitblick hatte man nur, wenn man durch die Luken der hohen Kirchtürme über das Dächergewirr der Altstadt blicken konnte, also nur die Dachdecker oder Kirchenarchitekten und deren Gehilfen aus der Kirchenbaumeisterhütte konnten bislang die Größe der Stadt auf diese Weise erleben. Und nicht zuletzt waren sie dem Himmel auf diese Weise ein Stückchen näher, so zumindest dachte man im Mittelalter; heutzutage konnte sich jedermann in einem der großen Flugzeuge bis an die Luftgrenze hoch in den Urlaub fliegen lassen, aber vom Gefühl, den Engeln näher zu sein in einer solchen Maschine, davon war keine Rede mehr, nicht einmal in der Werbung der diversen Luftlinien. Nun aber war es für jeden Besucher de Riesenrades ersichtlich, wenn auch nur für die kurze Spanne, in der die Gondel an ihrem Scheitelpunkt angelangt war und kurz innegehalten wurde.

»Ich höre schon des Dorfs Getümmel

Hier ist des Volkes wahrer Himmel,

zufrieden jauchzet groß und klein:

Hier bin ich Mensch, hier darf ich's sein!«

So hatte es schon der alte Goethe in seinem »Faust« beschrieben, und zu Recht.

Mit einer ganzen Schar von Freunden und Bekannten zog auch Wolf durch die engen Gassen und hellen Plätze, hier gab es Zuckerwatte, dort einen Schaschlikspieß, an der nächsten Ecke einen Becher helles Bier und dort vor der Bank ein Stand mit leckerem Softeis. Wolf wurde an eine Schießbude förmlich geschoben und Caro bat ihn, für sie einen kleinen weißen Teddy zu schießen. Wolf gab sein bestes und mit weniger als zehn Schüssen aus dem abgenutzten Luftgewehr konnte er tatsächlich das weiße Plüschtier für Caro erwerben. Diese freute sich und fiel ihm um den Hals, gab ihm einen kleinen Kuss auf die Wange und zog ihn rasch zu einem Autoscooter, dort setzen sie sich in eines der roten Gefährte und dann sausten sie davon, nach vielen Karambolagen und Gejuchze und Gebrüll war die vorgegebene Fahrzeit vorüber und sie stiegen wieder aus dem kleinen Wagen. Fast wie aus Zufall fanden sich ihre Hände, Caro drückte den weißen Teddy fest an ihre Brust und sie drängelten sich durch die Menge bis zum Kanal, wo sie unter den Eiben sehr viel weniger Menschen gehen sahen. Sie schritten dann fast im Gleichschritt weiter westwärts, der Sonne nach, dann kam die kleine Brücke, eine hölzerne Konstruktion, nur für Fußgänger und Radfahrer, sie querten das Wasser und waren dann im Grünen. An den Rändern des Schotterweges wuchsen blaue Lupinen und Weiße Möhre, durch die meist gepflegten Kleingärten schritten sie wortlos bis zum nächsten Düker. Dort setzten sie sich auf eine Bank unter den Eschen und küssten sich. Wolf fühlte sich gut. Caro tat ihm gut, das spürte er. Und Caro schloss ihre Augen und dachte an so manch verpasste Gelegenheit in ihrer Vergangenheit und auf einmal stand das Bild von Helga vor ihr, die ihr zulächelte und zu winken schien.

Sie seufzte tief und als Wolf sie fragte, ob sie etwas habe, erzählte sie ihm, dass sie gerade an Helga gedacht habe. Und Wolf küsste sie zärtlich und meinte, dass es ihm ähnlich gegangen sei, denn sie sei die erste Frau nach Helga, die er geküsst habe und er spüre im ganzen Körper, wie Helga tief in ihm diese neue Beziehung gut heiße, sie sei so etwas wieder gute Geist für sie beide, das habe er genau gespürt. Dann saßen sie wortlos auf der Bank, ihr Kopf an seiner Schulter, beide schauten auf das träge dahinfließende Gewässer und schwiegen, beseelt voneinander und im Miteinander vereint.

*

Dann kam Corona!

Von China ausgehend überzog die SARS-Co-V-2-Pandemie die ganze Welt. Das Leben allüberall veränderte sich schlagartig. Es gab keine größeren Menschenansammlungen mehr, also keine Fußballspiele, keine Konzerte, keine Volksfeste, keine Umzüge. Schulen wurden geschlossen und bei bestehender Möglichkeit wurden Schüler über das Internet unterrichtet. Geschäfte mussten schließen, weil zum einen sich die Kunden nicht anstecken wollten und gar nicht erst kamen, zum anderen aber auch die Mitarbeiter erkrankten. Alle mussten mit einem Mundschutz herumlaufen, sowie sie ihre Wohnungen verließen, und zwar einen bestimmten medizinischen Mundschutz, durch den das Atmen deutlich erschwert wurde. Die Restaurants und Kneipen waren geschlossen, in der Deutschen Bahn durfte nur jeder zweiter Platz besetzt werden. Kinos und Theater mussten schließen, es gab keine abendlichen Veranstaltungen in Discotheken, keine Jahrmärkte, die großen Freizeitparks blieben lange Zeit geschlossen. Kaufhäuser durften nur zum Teil geöffnet bleiben, zum Beispiel die Lebensmittelabteilungen, denn essen muss der Mensch ja auch in Corona-Zeiten.

In allen Fernsehanstalten wurden sämtliche Symptome, Therapieansätze und Verordnungen sowie die Anzahl der Todesfälle wieder und wieder verkündet, es gab nach einer Woche in ganz Deutschland sicher über fünfzig Millionen Experten für diese neue Jahrhundertseuche, wie es von der Presse oft und gern genannt wurde, die neue Seuche.

Und natürlich tauchten dann auch die Verschwörungstheorien auf, besonders in den entsprechenden Internetforen. Da wurde dann eine anonyme Gruppe der Superreichen oder Finanzmagneten als Auslöser der Krankheit ausgemacht, oder die Amerikaner oder die Russen oder die Chinesen oder die Inder oder die Außerirdischen, insgesamt gab es wohl keine Religionsgruppierung oder politische Richtung, ob Sekte oder Hautfarbe, ob frauenfreundlich oder frauenfeindlich, ob gendergemäß oder stark konservativ im Denken, bei allen Ansätzen waren es stets die jeweils anderen, die Schuld hatten an dieser weltweiten Erkrankung.

Und in den ersten Wochen zeigte sich die Hilflosigkeit der

Staaten und der globalen Medizin dieser neuen Krankheit gegenüber, bis dann endlich ein Impfstoff gefunden wurde. Der erste seiner Art kam aus Deutschland, und zwar entwickelt von eingewanderten Wissenschaftlern aus der Türkei, ein Ehepaar, Özlem Türeci und Ugur Sahin, das von vielen Leuten noch die Jahre zuvor als Kümmeltürken abgewiesen worden war, diese Wissenschaftler waren seit langem eingebürgert und hatten deutsche Pässe. Jetzt konnten sie die Welt retten.

Das war für viele eine neue Herausforderung, ihre Vorurteile zu pflegen. Denn jetzt konnten sie als Impfgegner die ganze Bandbreite ihrer Abneigung gegen alles Neue und alles Fremde und gegen staatliche Bevormundung als solche bündeln und in großen und vor allem lauten Aufmärschen durch die Strassen marschieren und gegen das Impfen zu mobilisieren versuchen. Aber die meisten Menschen in Deutschland, in ganz Europa, in aller Welt, soweit denn schon dort der Impfstoff verfügbar war, die ließen sich impfen. Es zeigte sich ja auch, dass weniger Menschen erkrankten. Obwohl es durchaus auch Impfschäden gab und mancher trotz Impfschutz die Krankheit bekam. Das war wie bei allen anderen Schutzimpfungen gegen andere Erkrankungen auch aber alles noch im normalen Rahmen der Statistik, für die allermeisten Menschen war die Schutzimpfung eine Rettung. Zunächst wurden die Älteren geimpft, dann die jüngeren, und letztlich auch Kinder ab zwölf. Die Impfung musste dreimal wiederholt werden, damit die Immunität im Körper auch wirksam werden konnte. Je länger die Seuche andauerte, desto gleichgültiger ging man mit dieser neuen Erkrankung um. Nur die Kinder waren zumeist sehr betroffen; die ganz Kleinen konnten nicht mehr in die Kitas, was auch die Eltern nervte, denn diese mussten nun zu Hause neben der Arbeit für den Beruf am Computer sich zusätzlich um die quängelnden Kinder kümmern. Die Halbwüchsigen konnten ihre Freunde nicht mehr aufsuchen, um zu reden oder zu chillen oder in die Disco zu gehen, oder einfach abzuhängen; für sie gab es keine Jugendtreffen mehr, kein Kino, kein Musikfest; bei allen wuchs der Frust, aber es gab dafür keinen Gegner, denn weder die Eltern noch die Lehrer noch irgendjemand war dafür verantwortlich, es war ein plötzlich hereingebrochenes Naturereignis. Erst nach vielen Wochen konnte man allmählich wieder in Geschäfte gehen, wenn die nicht auf Dauer geschlossen blieben, weil sie die lange Durststrecke nicht überstanden hatten; in manchen Städten gab es ein Jahr nach dem ersten Auftreten von Corona etwa ein Drittel Restaurants und Gasthäuser weniger. Auch viele Hotels hatten auf immer geschlossen, sie hatten ja das Personal entlassen müssen und viele der gerade im Hotel-und Gaststättengewerbe Tätigen waren dann in andere Berufe gewechselt und weil sie sich dort sicherer fühlten, kamen sie auch nicht wieder zurück an ihre alte Arbeitsstelle. Das führte dann zu vielerlei Problemen in den Urlauberhochburgen, ob in den Bergen oder an der See.

Auch so manche Firma hatte den Einbruch der Viren nicht überstanden, auch manche von Wolfgangs Geschäftspartnern waren schlicht insolvent geworden; erst blieben Angestellte wegen der Erkrankung zu Hause, und nicht alle Firmen konnten so einfach auf home-office umgestellt werden. Dann waren andere Mitarbeiter schlicht verstorben an Corona, wieder andere konnten nicht mehr arbeiten wegen der Spätfolgen der Erkrankung. Sie bekamen so etwas wie einen lang hingezogenen Burn-out, waren nicht mehr in der Lage, kontinuierlich zu arbeiten, denn schon nach wenigen Minuten fühlten sie sich völlig erschöpft und wie ausgebrannt.

Auch Wolfgang spürte in seinem Kontor diese Veränderungen. Viele seiner Geschäftspartner konnten nur noch über Fax oder Internet korrespondieren, die persönlichen Gespräche, die ja oft zu erfolgreichen Geschäftsabschlüssen geführt hatten, gab es nicht mehr. Auch die Reisen nach Tallin mussten ausfallen, und natürlich auch die mit Caro geplanten Urlaube im Ausland waren gestrichen worden. In ihrem Bekanntenkreis war Sabine mit oder an Corona verstorben, ihr Leben hatte nach den langen Jahren des Alkoholmissbrauchs die neue Krankheit wohl nicht mehr mitgemacht. Und Dieter, der Computerfreak, lag lange auf der Intensivstation und musste beatmet werden. Er kam nur allmählich wieder zu Kräften. Aber seine Frau Heide kümmerte sich liebevoll um ihn, sie machte sich natürlich große Sorgen, nicht wegen der finanziellen Situation, da hatte der Dieter schon vorgesorgt, aber sie hatte große Angst davor, ihn zu verlieren.

Wolfgangs Vater hatte bislang keinerlei Anzeichen der Erkrankung: vielleicht hatte seine auch schon vorher zunehmende Isolation wegen seines Alzheimers dazu geführt, dass er mit Infizierten nicht in Berührung kommen konnte, er saß in seinem Häuschen und pflegte den Garten wie eh und je, rührte sich kaum; dreimal in der Woche kam die rührige Frau Ehlers mit Lebensmitteln zu ihm und machte das Notwendigste: Reinigung der Wohnung mit Staubsauger und Putztuch, wusch das wenige Geschirr und nahm seine Wäsche mit. Sie wusch sie bei sich, das war für alle am einfachsten. Wolf war sehr froh gewesen, als Frau Ehlers vor zwei Jahren bei ihm angefragt hatte. Denn sie bekam nur eine kleine Rente und konnte gut und gern eine Aufbesserung ihres Haushaltgeldes gebrauchen; außerdem war sie zuverlässig, Wolf hatte sie schon als Schuljunge gemocht. Sie war die Tochter von einem Eisenbahner zwei Häuser weiter in der Straße und Wolf hatte zusammen mit ihr im Konfirmationsunterricht gesessen.

Allmählich wurden die Zahlen der Coronakranken deutlich weniger, die Erfolge in der Behandlung waren sichtbar, in den Krankenhäusern starben nicht mehr so viele Menschen daran. Die Kinder duften wieder zur Schule gehen, was nicht nur die

Eltern erfreute, sondern natürlich auch die Kinder, und so manch ein Erwachsener wunderte sich, dass viele der Schüler plötzlich gern zur Schule gingen. Das Leben wurde zusehends wieder normaler, und dann kam der Tag, da fielen auch endlich die Gesichtsmasken weg, man konnte wieder ohne Maske durch die Strassen gehen, man sah wieder in das Antlitz des Anderen, die Geschäfte hatten weit geöffnete Türen, die meisten Gesichter der Verkäufer waren freundlich und erwartungsvoll, die der Kunden auch. Es war wie ein gemeinsames Aufatmen überall. Alle genossen die Freiheit, dass sie wieder ungehindert überallhin gehen konnten.

Die ersten Reisen wurden wieder gebucht, in den Reisebüros begannen die Plätze für Flugreisen knapp zu werden, in den Schulferien gab es für die Inseln im Mittelmeer keine freien Kapazitäten mehr. Hinzu kam, dass in Spanien und der Türkei die Preise gefallen waren, es war einfach günstiger, dort den Sommer zu verbringen, so mancher Rentner hatte das ja schon immer gewusst und gerade auf den Balearen gab es viele ganzjährige Touristen, die zwar nicht auswandern wollten, aber ihr Rentnerdasein in den warmen Gefilden verbrachten, denn es war dort nicht nur billiger, das Leben insgesamt, auch viele der Gebresten wie Rheuma oder andere körperliche Erschöpfungen, sei es Gicht, sei es ein zu hoher Blutdruck, waren durch das mediterrane Essen und die Luft und die tägliche Bewegung im Meer und am Strand deutlich besser, man fühlte sich merklich wohler in diesen warmen Gegenden.

In den Schulferien wollten Caro und Wolf eigentlich nach Kreta fliegen, aber es gab in Tallin erhebliche Probleme, so dass sie beide per Schiff in aller Ruhe nach Estland fuhren und so diese Schiffsreise als Urlaubsersatz nahmen und vor allem das Miteinander-sein genießen konnten.

Als sie am ersten Abend nach dem Essen mit den anderen Passagieren auf dem älteren Frachtschiff, welches auch einige

Passagiere mitnehmen konnte, am Oberdeck standen und auf den hellen Vollmond schauten, hielt Wolf Caro ganz fest, drückte sie und flüsterte ihr ins Ohr, dass sie sich doch schon so lange kennen würden und erst jetzt fühle er, wie sehr er sie eigentlich immer begehrt und verehrt habe. Sie gab ihm einen Kuss, lächelte und meinte dann, dass sie sich aber nicht gern verehren lassen würde, sondern viel lieber als Frau geliebt sein wolle, nicht als angebetene Göttin verehrt oder gar dass man ihr nun etwas opfern müsse, es sei denn, es sei für ihn gar kein Opfer, sondern nur Ausdruck seiner Zuneigung. Sie drückten sich fester aneinander und schauten auf die eher ruhig daliegende See, nur hinter dem Schiff zog sich eine weißgischtende Wellenspur, von der stetig kreisenden Schiffsschraube verursacht.

Da kennen wir uns schon seit den Kindertagen, versuchte Wolfgang es zu erklären, und dann ist jeder von uns seinen eignen Weg gegangen, bis die Zeit wieder uns zusammengebracht hat, und dann hatte jeder von uns schon ein gut Teil seines Lebens hinter sich, und dann ...

Caro unterbrach ihn:

»Und dann waren wir beide ziemlich allein, auf einmal. Und dann zog das Schicksal die Fäden enger zusammen und wir kamen uns näher und näher.

Und nun sind wir hier, gemeinsam, und ganz eng, und hoffentlich für recht lange noch. Und weißt du, damals in unserer Schulzeit, nie hätte ich da gedacht, dass wir zwei beide ...«

Sie schaute hoch zu ihm, küsste Wolf und sagte ganz leise:

»Wer eine lange Leitung hat, aber über die notwendige Geduld verfügt, darf sich nicht wundern, dass es am Ende doch noch klappt, wie mit uns.«

So standen sie oben auf dem Schiff, hielten sich eng umfangen und schauten auf die im Mondlicht hell leuchtende Schiffsspur im Wasser.